史建全 著

写好剧本

编剧是聪明人
下笨功夫的活儿

商务印书馆
The Commercial Press

商务印书馆(成都)有限责任公司出品

作者简介

史建全

北京人
毕业于首都师范大学美术系

电影作品

《血性山谷》
《司马敦》
《鬼子来了》
《决不饶恕》
《三枪拍案惊奇》等

电视剧作品

《片儿警》
《针眼儿警官》
《铁鹰行动》
《无悔追踪》
《冬天不冷》
《走出白桦林》
《看你往哪逃》
《一双绣花鞋》等

出版说明

王婧

《写好剧本》即将付梓,作为策划人,我被出版方和作者嘱咐写一篇出版说明,说一说这本书的来龙去脉。

《写好剧本》的初版,是我于2017年在电子工业出版社编辑出版的图书《编剧手艺》。彼时笔歌影视的宛冰总找到我们,说想将一位编剧前辈的讲座结集出版,这位编剧前辈,就是在圈里被称为"史爷"的史建全老师。

邹静之老师在《编剧手艺》一书的序言里写道,在京城能称得上"爷"的,"先一点必是某一门类的翘楚;除此还得有与生俱来传几辈也挥之不去的'份儿'。影视圈中能叫'爷'的就那么几位,史爷是最早的一位"。短短几句便道出了史爷的"份儿"。记得初看书稿,我感到如同一位"大侠"在手把手地教招式，没有喋喋不休的理论，没有花架子，都是他大半辈子"擂台实战"出来的经验、技巧与心得。大到情节设计，小到一个剧本的字数和页数，深入浅出、娓娓道来，难怪尹力老师在跋文里说："在同行后学皆为潜在对手的今天，除了对亲儿子，谁跟你端肺腑掏心窝子、教你迈左脚抬右脚的跨门槛？"史爷厚道。

初见史爷，心中忐忑，但你是编辑，他十分尊重你，也直接拿你当朋友，该说就说——"标题层次别这么死板，这就是本儿轻松的讲义""剧本得保留啊，有技巧指导，也得有范本参考"……后面相熟了，就爱听史爷讲写剧本的趣事，现在七八年过去，跟史爷成了老朋友，每逢节日去拜望，也还喜欢听他讲讲故事、讲讲生活，慢慢感到无论做哪行，到最后还得是"境界"。

《编剧手艺》自 2017 年出版以来，受到广大年轻编剧的欢迎。据说中央戏剧学院戏剧文学系的一位老师给学生推荐专业书籍，除却罗伯特·麦基、黑泽明等的作品，还有就是史爷的《编剧手艺》。"如果说麦基的《故事》是理论，那史爷这本书就是实战，让人大快朵颐、沉浸其中"，读者如是说。可以说，这本书非但适合编剧初学者与影视文学爱好者，对于想要学习写作的朋友来说，也能从中受益良多。因此，为满足更多读者的需求，也为把近年的一些新鲜内容加以补充，我与史爷商议后，决定在商务印书馆再版。

《写好剧本》除订正原书《编剧手艺》的疏漏之外,还加入了许多新内容,同时在编排体例上更加严谨与合理。在第二部分"对话大家:答青年编剧17问"中,黄丹、邹静之、曲士飞、汪海林、全勇先五位编剧界的前辈分别就当下年轻编剧关心的问题进行了精彩且具有前瞻性的回答。关于第三部分的剧本《老电影院的故事》,我也想说几句。花市老电影院原是史爷家的买卖,史爷出生在这个电影院里,那天电影院放映的是捷克斯洛伐克的电影《幸福之途》。所以他说命中注定,吃了电影这碗饭。有一年,北京紫禁城影业公司约史爷写一部纪念中国电影诞生的电影,于是有了这个剧本:从1949年讲起,一直到80年代的《芙蓉镇》、90年代的《霸王别姬》……史爷说,或许以后不会再有人完整记载这段中国电影的历史了。值得收录。

在此,对商务印书馆成都分馆的总编辑刘玥妍和责编陈欣表示感谢,是她们辛勤、认真的工作,提升了这本书的编校质量,同时也给了我很好的建议,为这本书锦上添花;还要万分感谢黄丹、邹静之、曲士飞、汪海林、全勇先五位前辈对《写好剧本》的支持,是他们在百忙之中写下的奇文金句,使这本书更显精彩与经典;感谢画家赵斌,让"编剧是聪明人下笨功夫的活儿"生动地跃然画中,他笔下的漫画插图,既显出"写作的趣儿",也点出"要使的劲儿";更要感谢史爷对这本书不厌其烦的修订与增进,认真听取我们的建议,于繁重工作中孜孜不倦、精雕细琢,力求呈现完美的作品。

"对一个编剧来说,需要的各种素质太多太多了,首先是生活……"史爷在开篇写道,"没有在生活中不可能发生的事情,可是生活的真实又不等于艺术的真实",这句话把我绕进去了。我琢磨这意思,大概是"生活有可能比艺术更加戏剧化,就是那么巧,你写出来还不能看着假",听着就不容易,具体要怎么写?还得好好读读这本书。

序
得失寸心知

邹静之

金受申先生的《北京通》里说过,老北京见面的称呼是:"高的高三哥,矮的矮三哥,不高不矮横三哥,蒙七哥,诈五哥,小辫赵九哥,有人皆是哥,无我不称弟。"这"哥"字到现在依然这么叫,去洗浴中心或去机关单位,听到的还是"哥、哥"的,亲切,不烦人,也假。

在京城能称得上"爷"的就不一样了,先一点必是某一门类的翘楚;除此还得有与生俱来传几辈也挥之不去的"份儿"。影视圈中能叫"爷"的就那么几位,史爷是最早的一位。"史爷"现在已成"官称"了,正式场合和非正式场合里,大家都这么叫。

我与史爷相识在刘恒先生《贫嘴张大民的幸福生活》的策划会上，一见面便成朋友。记忆最深的是史爷讲当年写《鬼子来了》的趣事，其生动具体带画面的描述，把我惊住了。胡金铨大师说过，"好的导演，要会讲故事"。大师说的不是指在电影里讲，是指在日常生活中也要会讲。我以为好的编剧更该如是。史爷口述除有即兴的起承转合外，还能让听故事的人大白天看见戏在眼前演着，这可是大能耐。我说过，有些人写戏是一堆字，什么也看不见，谓之"字冢"。史爷讲故事，字字珠玑。

史爷写戏，呕心沥血。印象最深的是，他写《一双绣花鞋》时，我隔三岔五跟他通电话，问他开笔没有。他说："没有，鞋还是没找着呢！"戏核没有，大逻辑没通。史爷写戏，不是写着找，有个开头就先写先编。史爷不把结尾都想通了，不动笔——形而上的制高点、新鲜的视角和不俗的情节，不想透了不写；一旦动笔，鲜活的人物、准确的对白，必是满纸烟云。

我从小到大，再好的文字或影视很少看两遍。《无悔追踪》，我与太太只要在电视中换到了就看。那是一部少有的现实主义经典作品。除了剧本好，尹力先生的导、演员的演都好，不可多得。史爷从出道算，到现在与相对应的写家来比，不算写得多的。但成事是这样，量取不了胜，取胜的都是质。张若虚，《全唐诗》中只收了他一首《春江花月夜》，后世的评价是"以孤篇压倒全唐"。

史爷的戏一部是一部。

史爷交朋友，见面说事，不藏着掖着，老做派，拿你当朋友，直面，该说就说。所以一见面就不生，史爷朋友多。21世纪初吧，花市改建，等回迁时，他住在东南挺远的地方，我们走动得勤，还是常见面。每次去，家里总有客人，各种年龄，各色人士，这哥那弟，一聊都够写部戏的。原来总是说深入生活，其实，你要不在那个环境里活着，谈不上深入，门都摸不着。凡是抱着写作的目的去看生活的，一定浮皮潦草。史爷不离开花市，他其实是一直守着他现实主义写作的根。他的那些人物，那些生活情状的展示，极为独特而诱人，真不是写作技术可达到的。这也是他说的"编剧教不会"的原意吧。

史爷祖上就住在花市。花市电影院在新中国成立前是百货商场，是史爷家的买卖，后来充公改电影院了。史爷从小去看电影不买票，没人拦他，看门的说："这地儿原来是人家的，看个电影算什么。"听着像是讲理，实际上真想让人骂街。一张电影票就把一大块地给安抚了，找谁说去呢？史爷的"份儿"是有几分带着火气的，以至于他的创作，从来不带时令气，不谄媚，不违心，说白了就是不流俗。

影视文学，这一文体在各类文体中是最为年轻新鲜的，全世界也没有多少包教包会的教科书，上了学不会写戏的人不在少数。史爷以个人心得总结出来的剧本写作要义，让我看到了一个成功者多少年来行之有效或行之有误得出的经验，弥足珍贵。

文章千古事，得失寸心知。

看了史爷的这部讲座稿，我已受益良多，想诸位编家写手，大家有福了！

CONTENTS 目录

PART 1 编剧是聪明人下笨功夫的活儿 1

老生常谈,生活是创作的源泉 3　　要看书,不要看"书皮" 9

要会写梗概 23　　可以写剧本了 59　　从小说到剧本 131　　结语 141

PART 2 对话大家：答青年编剧 17 问　147

对话黄丹　149　　　对话邹静之　155　　　对话曲士飞　159

对话汪海林　167　　对话全勇先　175

PART 3 一个写电影的电影剧本　179

老电影院的故事　181

跋一　我在电影院里长大（史建全）　343　　跋二　编剧史爷（尹力）　351

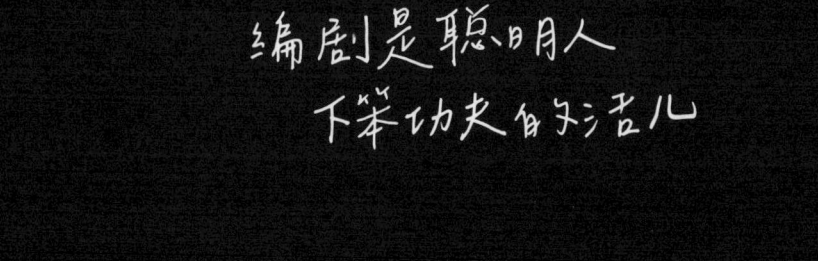

编剧是聪明人
下笨功夫的活儿

一位老编剧也是一位导演,曾经对我说过,在美国好莱坞编剧手册开篇的扉页上写着这样一句话:但凡你有一份别的谋生的技能,就别来做编剧。这可能是一个笑谈,但道尽了做编剧的辛苦。

要我说编剧干的是平地抠饼的活儿,硬邦邦的柏油马路上愣刨出一个热腾腾香喷喷的香河肉饼来,你说难不难?我一直妒忌做导演的,导演干的是锦上添花的活儿,剧本本来就是一枝花了,你把这枝花描画好了就锦上添花了。你描得再不好它起码还是一枝花吧。可是要把剧本这枝花画好了,对一个编剧来说,需要的各种素质太多太多了,首先是生活……

老生常谈，
生活是创作的源泉

生活是创作的源泉，这话说得我都觉得贫了，也就俗了。可这就是颠扑不破的真理。艺术源于生活，高于生活，但是生活永远大于艺术。只有在创作中你想不到的事情，没有在生活中不可能发生的事情，可是生活的真实又不等于艺术的真实。

在我的印象中，多数初学者的处女作，都是写自己经历过的事情。

我记得在2000年左右，电影频道刚开始起步的时候，许多年轻作者写的东西，大多是一个小男孩如何爱上一个大女人的故事，光我看过的这类故事片子就有五六部。这可能是年轻男孩情窦初开时最原始的激情理想吧。弗洛伊德说："在孩童心理上打下的结，终身都无法解开。"这就是生活打在你身上的烙印，你是抹不掉的。显然，写这样故事的小作者都有喜欢大女人或者成熟女人的情结，但故事中的甜腻和梦样的美好，那一定是作者杜撰出来的。这就是"源于生活，高于生活"最简单的释意。

你在写作写到得意的片段时，人家看过可能会说你，瞎编吧？生活中有这事吗？你可以理直气壮地告诉他，只有你想不出来的，没有生活中不可能发生的。北京台播过一个新闻短片：一个农民工脑袋朝下从楼上掉下来，一根螺纹钢筋从他眼眶子里扎进去，从后背穿透了出来，消防队员来了以后剪断钢筋，但他连担架都无法躺,眼眶子前边探出一尺多长的钢筋,后背还探出一尺多长呢。医生想方设法剖开他的后胸,一看,好险,钢筋差一毫米蹭着他的脊椎而过,如果碰到脊椎,人就是活了也是高位截瘫。后边的更玄乎,一根大动脉被穿进的钢筋挑了起来,正好卧在螺纹钢筋的旋转槽儿里,一旦从槽儿里把血管挑出时失误,那井喷似的大出血,根本无法控制。再后边的事就不是玄了,是神了。当医生把这一切处理完毕,钢筋被一分两段、从他眼眶子里拔出之后,医生看着他那被挤出眼窝的眼球,想到,如果摘掉的话,他将来眼窝萎缩,塌陷成一大坑,还得去配一个义眼,不如就把这个眼球塞回去吧。结果呢?视力一点没受影响。这事看起来不可思议——这就是没有生活中不可能发生的,生活永远大于艺术。

但生活的真实,不等于艺术的真实。这句话说起来有点绕。

一位学院的老师,拿来一部电视台播出的影像资料,说找到一个好故事,想做成电影或者电视剧。我看过后说这个故事太假了,人家看了不信。可这是千真万确的一个真实的故事:一个四川练武术的小伙,改革开放初期到海南去闯世界,给一个老板当保镖。不料一次随老板到银行提款,遭到一伙歹徒持刀抢劫,这个小伙连中数刀,当警察就要赶来而他快要昏倒在地时,那伙跑散的歹徒的其中一个回来照他脸上又砍了一刀。多狠呀，从此他脸上留了长长的一道疤，他记住了那个砍他的歹徒手腕上刺青了一个骷髅头。事后他养好伤，又在海南混了一段，准备回老家时，在街上看到一个小女孩，举着一块上写"卖身求学"的牌子。得知这是一个热爱学习的孤儿，他感动了，从此他负担起了这个女孩上学的全部费用。回到老家四川后，他开了一个武馆，成家立业，还在全国武术比赛中拿过"一指禅"的冠军。而他一直通过通信资助着那个女孩，直到女孩上了北京大学。他妻子知道这些后，对他很不理解，为此俩人还离了婚。后来武馆也开不下去了，生活拮据了，他就到各种娱乐场所去表演。有一天老板跟他说，你别来了，现在谁还看手指钻砖头、胸口碎大石呀？卖不出票了。他一想，表演停了，别说再继续资助在北京上学的女孩了，自己吃饭也成问题了。想半天想出一招儿，我表演挨打吧，搞抗击打！往台上一站，哪位上来打我，不还手。老板一听，这活儿好呀，刺激。从此这哥们儿就在台上表演挨打了。再说那个在北京上学的女孩大学要毕业了，她想来四川看望看望这个资助她多年的恩人，就带一个同学来到了四川，到了这男人的家一看，人没在家，邻居说他上班去了。在哪上？不知道。这个女孩就领着同学上街逛逛，等他回来。俩人无意间走进了一家夜总会，正巧有人在台上表演挨打呢。女孩的同学非要上台试试，女孩一想，可不得了，她这同学刚失恋，这要上台给人家打坏了可不好，于是她也追上了台，一看，表演者正是她来寻找的资助她上学的恩人！俩人相见，不胜唏嘘，女孩当即表示美国的硕博连读不去了，奖学金也不要了，要以身相许嫁给他。经这武师再三劝说，女孩才同意去美国留学，但是要武师等她三年，回来还要和他生活在一起。

三年后，果真女孩学成回国，再次来到四川找到武师，要嫁他为妻，为了表示诚意，这回她还带来了她的父亲同来求婚。不想当武师见到她父亲以后，差点没背过气去，他看到女孩父亲手腕文着一个骷髅头……就这么一个故事。

这是电视台里播放过的一部纪录片，片中出现了那个武师和那个受他资助的姑娘，挺端庄的一个年轻女子。可这如果不是真实发生在生活当中，而是你写的故事，那人家肯定给你提意见：太假，太人为，太巧合，太落套，像二三十年代的小报记者编的故事。

这就是生活的真实不等于艺术的真实，艺术还要高于生活。

"师古人不如师造化"，现在很多孩子是从电影中学习写电影，故事都是"套路"出来的，近亲繁殖必然越来越畸形，最后出现的都是怪胎了。

所以我们要体验生活，感知生活，要勇敢地生活。

现实的复杂性必须依靠心灵的明镜浓缩成有个性的形象和有情趣的故事才能表现出来。否则我们无法想象繁杂的现实怎样表现。

我因房屋拆迁，曾搬到南城小红门那边周转四年，等待着回迁，刘佩琦去过我住的地方。他说，史爷，别在这地方住了，你到我那边，北边，亚运村那边去买套房子吧。我说，不去！为什么呢？那边没生活。他说怎么会没生活呢？你看谁谁谁都住在那边，咱们经常在一起聚聚，多好啊。他说了一大堆电影人的名字。我说，我要是住到了那边，我还能听见这词吗？我曾对给我送煤的说，嘿，送煤的，你丫给我送的这是什么破煤呀，不禁烧，大火苗子一冒，呼的一下没了，你们丫的往煤里掺多少黄土呀！送煤的说了，说什么呢您，谁舍得给您往煤里掺黄土哇，黄土多贵呀，还得到城外给您拉去！

我一听，哟，那你不掺黄土掺什么呀？

那儿拆房呢，给您往煤里掺点渣土得了。

这就是生活，我对佩琦说，我要是住到北边去了，恐怕只能写"朋友妻不客气"的事了。

要看书，
不要看"书皮"

每一本书，都在我们面前打开一扇未知世界的窗户。

现在我们谈谈为什么要阅读经典。古往今来很多人都谈过这个问题，孔子就说过："不学《诗》，无以言。"意大利著名作家卡尔维诺也出过一本书，书名就叫《为什么读经典》。

为何要读经典呢？简单说就一句话：阅读经典是能够创作出好剧本的基础。

阅读经典的意义

我个人认为，阅读经典对剧本创作至少有四种意义：

1. 阅读经典是提高我们的鉴赏水平的基础

经典作品是人类最高智慧的结晶，是经过成百上千年的流传、无数人的阅读，大浪淘沙之后还依然经久不衰的。你只有大量去读这些高水平的小说、剧本，才能分辨出一部作品的好与坏，因为你有了大量的经典作参照物。否则，就应了那句笑话："和臭棋篓子下棋，越下越臭。"我们有了鉴赏辨别能力，提高了审美情趣，才有可能创作出优秀的作品。"取法于上，仅得其中。"如果你连"上"在哪儿都不知道，还怎么"取法"？

"眼高手低"虽然是一个贬义词，但你眼不高，你的手怎么能高上去呢？

余华曾经在《谈谈我的阅读》一文中引用杰克·伦敦的话：宁愿去读拜伦或者济慈的一行诗，也不要去读一千本文学杂志。当然我们并不是说文学杂志不好，而是说经典的小说是无数前辈阅读了卷帙浩繁的书籍后给出的选择。

2．阅读经典使我们获得丰富的人生经验，积累丰富的创作素材

编剧应该有更多的人生经验，才能创作出五彩斑斓的作品。

我们每个人的经历都是有限的，尤其在座的年轻人，比较而言社会经验更少。在这种情况下，阅读经典就成了我们在最短的时间内，最直接地获得最丰富的人生经验的重要渠道。具体说来，比如我们读完十本小说，就是跟随十个主角一起经历他们的一生——我们只用阅读十部小说的时间，就获得了十个人的人生体验，而且是十个不平凡的人生！

有些事在现实生活中我们无法经历，却可以在作品中身临其境，比如，我们读到武松打虎就为他捏把汗，读到林冲夜奔就满腹悲凉，读到诸葛亮陨落五丈原就伤心落寞，读到长坂坡就血脉偾张。

大家看过电视剧《亮剑》，很好看的一部电视剧。作者都梁年龄略小我一些，也属于生在红旗下长在新中国、没有经历过战争的一代人。可他却写出了如此恢宏的战争片大作，以主人公李云龙为线索，从抗日战争写到解放战争的三大战役，再到1949年以后的一江山岛战役、抗美援朝、金门炮战……直至"反右倾"、"文化大革命"十年内乱，作者详细地描写李云龙面对到底是要执行"军委八条命令"，还是要执行"中央文革'文攻武卫'的指示"而身陷绝境，惨遭迫害。

跨度如此之大、历史资料如此翔实的一部历史大片，显然不可能是他亲身经历过的，也不可能是他从采访中得来的。他好像也没当过兵，即使当兵也是那种天天踢正步，拿着木头枪练刺杀，玩命背"老三篇"的兵。那是怎么写出来的呢？在海润公司我与都梁见面时这样问过他。他回答说，他从小就是一个"战争发烧友"，喜欢看书（这是最重要的），而且看过的东西都做卡片。马克沁机枪由美国人马克沁发明制造，德国人在"一战"中首先使用，射程超越1500米，理论射速600发/分；日本"三八步枪"，明治四十年（1907年）制造，以明治天皇年号第三十八年（1905年）命名，口径6.5毫米，有效射程500米。这些他都出于兴趣记录了下来，至于1955年共和国授衔的将军，他更是痴迷，哪个将军是哪里人，指挥过什么战役，授的什么军衔，1949年以后任什么职，他都了如指掌。这些成了他茶余饭后的话题。他早先经商，经常在饭桌上和朋友们侃这些，有时还争个面红耳赤。朋友们激他，打赌说，你能耐你出本书，而且不能是你自费出版的啊。出就出！他一口答应，结果书他写出来了，而且一度热销，并很快就被影视公司将版权买断。于是就有了这个到今天还在热播的电视剧。

这就是——看书的结果。

阅读让我们获得现实生活中没有的体验。人生经历多，作品才有可能起伏跌宕，才能大气磅礴。

3. 阅读经典，让我们学习最高的创作技巧

没有人可以做到不阅读而能够写作的。

20世纪初，法国戏剧家乔治·普罗蒂在研究大量作品之后，总结出了剧情的36种模式。据说这36种模式是美国电影创作界的必修课，无论今天怎么创作，都脱离不了这36种戏剧模式。换句话说，所有的戏剧冲突模式，在前人的作品中都已写尽，而我们只需要去大量地、反复地阅读这些作品，在阅读中学习创作技巧。

大师们历经考验的写作技巧，呕心沥血的创作积淀，都会被你收入囊中。

4. 经典作品可以直接影响我们的创作

契诃夫的《小公务员之死》，莫泊桑的《项链》，欧·亨利的《麦琪的礼物》，莎士比亚的《罗密欧与朱丽叶》，茨威格的《一个女人一生中的二十四小时》，迪伦马特的《贵妇还乡》，果戈理的《钦差大臣》，雨果的《悲惨世界》，大仲马的《基督山伯爵》，每一篇都是代表一种故事类型的经典，每一篇都格式化了一个讲故事的模式。你几乎可以在任何的电影故事里捕捉到这些故事情景、故事格式的影子，所以也就有了我们经常说的那句话——"似曾相识"。

比如，我们一讲丑男爱上美女的故事，就是卡西莫多，就是艾丝美拉达，就是《巴黎圣母院》；我们讲一个出身低微的小市民想跻身上流社会的故事，就是不择手段地勾引贵妇人的于连，就是《红与黑》；你写一个"小人报仇，一天到晚"的卑劣的人，就是德纳第，一个既没有工人阶级大公无私的热情，又没有资产阶级诚实信条的小人；写一个恪守法律、铁面无私、突出了社会的良知却受到错误引导的必然悲剧性的人物，那就是警长沙威！日本电影《追捕》里的警长矢村，仿照的就是《悲惨世界》里的警长沙威。

再说，我们想要讲一个爷们儿的故事，说他在漫长的人生中永不屈服，这就是很单薄的人物设计。如果我们读过朱元璋，我们就可以知道他是怎么在艰难困窘中撑下来的；如果我们读过司马迁，我们就可以知道他是怎么不屈服的。如果我们读过古希腊传说，读过《圣经》，读过伊斯兰教义，读过法国大革命；读过抗日战争文献，读过抗美援朝史料，读过"文化大革命"逸闻，读过各个历史时期我们的国家一路走来的经历……那么我们就可以知道很多很多不屈服于命运的人。我们脑子里有这么多人，再去设计一个人的命运，岂不是驾轻就熟？！

这就是经典，这就是大师。大师是引导潮流、做出示范的楷模。

经典作品，经久不衰。对于初学写作的同学们来说，最主要的是学习如何从中获得灵感，创作出新的经典，比如冯小刚的《夜宴》脱胎于莎士比亚的《哈姆雷特》，张艺谋的《满城尽带黄金甲》的故事核心是《雷雨》。文学史上这种例子也不胜枚举，据说李白读了《黄鹤楼》迸发灵感，仿写了《登金陵凤凰台》；鲁迅借鉴了果戈理的经典《狂人日记》，从而创作出自己的经典《狂人日记》；王朔公开讲，他的小说很多都有国外小说的影子；据好事者分析，王小波的《青铜时代》也是《暗店街》的翻版。

前几年有一部描写钢铁战线非常优秀的电视剧，那部戏就完全套用苏联功勋艺术家柯切托夫的小说《茹尔宾一家》；范伟与高秀敏的小品《卖猫》就是罗尔德·达尔的短篇小说《牧师的喜悦》的翻版，很多年前马精武老师演过的一部电视剧《买琴人》同样来自这部小说；陈佩斯与朱时茂的电视小品《警察与小偷》，也是来自外国一篇著名的短篇小说，那篇小说的名字我忘记了，它后来被翻译成了许多个版本，光在中国的电影电视剧里就能看到许多类似的情节；郭冬临和黄晓娟的小品《实诚人》，也是一篇外国小说的翻版。

经常阅读经典，我们会对某些桥段了然于心。不仅对于那些借鉴了经典的电影作品，我们能把握其出处，而且会让自己应用起来得心应手。

以上是我认为阅读经典对于编剧创作的积极作用。

我还想谈谈，关于阅读的误区

先来说说对经典的"误读"。

有些同学为了应付考试、作业，就从网上去了解一下经典名著的内容，再随便看看网上的一些评论就以为自己懂了。这种只看"书皮"的做法完全不可取。

因为你完全没有吸收这些作品的精华，既不能独立判断一部作品的价值，又有可能被误导。比如《西游记》，用一句话就可以概括出它的主要内容：三个妖精保着一个和尚去取经。谁也不能说这句话对《西游记》总结得有错误，但是读完这句话和看完《西游记》全本小说的收获能一样吗？

我举个例子，在茨威格的小说《一个女人一生中的二十四小时》中，一位年过六十、富有高雅的英国老富婆C太太，以自述的方式倾诉了困扰她一生的二十四小时经历：当年，也就是她丈夫去世的第二年，四十二岁的C太太独自一人来到蒙特卡罗，空虚寂寞的她在赌馆里迷上了一位嗜赌如命的年轻人。短短的二十四小时，C太太对这位年轻人产生了波澜起伏的情感变化，从一开始只是好奇那双具有无限魔力的手，到急切地挽救站在死亡边缘的他，再到意乱情迷的一夜情，甚至疯狂到不顾一切地想要和他远走天涯。可是，C太太一厢情愿的牺牲并没有让这个年轻赌徒洗心革面，换来的却是当众的侮辱和情感的欺骗。

我举这个例子，不是讲故事如何反转，只是想跟同学们讲清楚，看书和看"书皮"，你所能收获的效果大不相同。

C太太第一次见到这个年轻人，茨威格是这样描写的：

那天晚上我走进赌馆……绕着走向第三只台子，摸出几个金币预备下注，忽然迎面传来一阵非常奇怪的声响……我不自主地向对面望了一眼……真的，我吓呆了！——两只我从没见过的手，一只右手，一只左手，像两匹暴戾的猛兽互相扭缠，在疯狂的对搏中你揪我压，使得指节间发出轧碎核桃一般的脆声。那两只手美丽得少见，秀窄修长，却又丰润白皙，指甲放着青光，甲尖柔圆而带珠泽。那晚上我一直盯着这双手——这双超群出众得简直可以说是世间唯一的手，的确令我痴痴发怔了——尤其使我惊骇不已的是手上所表现的激情，是那种狂热的感情，那样抽搐痉挛的互相扭结，彼此纠缠。我一见就意识到，这是一个情感充沛的人，正把自己的全部激情一齐驱上手指，免得留存体内胀裂了心胸……我实在无法形容。因为，在这以前和自此以后，我从没有也再见不到这么含义无穷的双手……

忽然，这只手猛一下拱起背部，活像一头野豹，接着飞快地一弹，仿佛啐了一口唾沫，把那个一百法郎筹码掷到下注的黑圈里面。那只静卧不动的左手这时如闻警声，马上也惊惶不宁了,它直竖起来,慢慢滑动,真像是在偷偷爬行,挨拢那只瑟瑟发抖、仿佛已被刚才的一掷耗尽了精力的右手,于是,两只手惶惶悚悚地靠在一处……我没有,从来还没有,见到过一双能这样传达表情的手,能用这么一种痉挛的方式表露激动与紧张……我紧紧盯着平生难遇的这双手,竟被它迷住了……

我一定要看看这个人,看看与这双具有无限魔力的手相关联的那张脸……因为,那双手早已叫我心惊胆战了!

后来这位富婆第二次见到那双手——

他的两只手,正是那两只手,今天下午我还曾见它们抱着教堂里的经案立下最神圣的誓愿,这时又弯曲如钩地四面攫钱,像是两只嗜血的蝙蝠。因为,他这时赢了钱,很多钱:他面前亮晃晃地胡乱堆着许多赌筹,许多金路易(17—18世纪法国金币名),许多钞票,他的手指,他的神经颤栗的手指,大得其乐地在钱堆里来回抓搔扒弄。我看见他的手指紧捏着那些钞票,将它们一一抚平折叠起来,翻转着那些金币,喜滋滋地一再摩挲着,突然……他那一副着了魔般的神情,比前一天晚上所表现的更为可怕,更为骇人……(摘自高中甫译本,上海文艺出版社

2015年版）

　　两次对手的描写是这样的细腻，不读原著，你体会不到其中之美妙，玩味不出个中之甜腻。

　　再说，茨威格这样的描写，你能说不是电影语境吗？尽管这是小说的文字描写，但是能让你在写作中产生无穷的遐想，起码在画面上你会浮想联翩。我们常说电影是"声画的艺术"，编剧脑子里要有画面感，这也是编剧与小说家的不同之处。

　　另外我还想说说，还要看杂志，看"闲书"。

　　什么叫闲书？在我这一代人的概念里，上课学习的书籍以外的书籍都叫闲书，你专业学习以外的书籍也叫闲书，也可以叫乱七八糟的书吧。我上小学的时候，看个《西游记》《封神演义》都叫看闲书。你不好好温功课，看什么闲书呀？家长要说你的。粗暴一点的，直接把你的书没收，藏起来，有的还给你撕喽。工作以后，你当工人，做个电工，没事看《呼啸山庄》，车间主任要说你：小张子，没事看看《电工基础知识》，别看这没用的闲书。你到食堂做个炊事员，没事你看《安娜·卡列尼娜》，食堂管理员要说你：小李子，没事看看《川苏鲁粤四大菜系烹饪要领》，别总看这闲书。

这些都是闲书。

编剧的肚儿，杂货铺嘛，需要大量地看闲书。

那同学们可能会问了：我们就是搞艺术创作的，看书是必要的，那对于我们编剧、作家来说什么叫闲书呢？

我举个例子，我有一个小哥们儿写了一个剧本，有一节写得很精彩：剧中主人公把一条鱼做出了二十四道菜，鱼鳞做一道菜，鱼唇做一道菜，鱼下巴做一道菜，鱼眼珠子做一道菜，鱼皮做一道菜……我当时以为是他胡诌的，后来，我家请过一个江西小保姆，果然她就用鱼鳞做出过一道鱼鳞冻，就像咱们北方的肉皮冻一样。再后来，我在六环外一农家乐吃饭，真的有一道红烧鱼下巴，上来一大盘，全是鱼的下颌骨。事后我问那个作者，他告诉我，他没事就爱看关于烹饪法的书刊，那一章节，他就是在《读者文摘》杂志上看到受的启发。这就是看闲书对写作的帮助。

看书是永远不能停下来的事！

书是文字写的，单就文字而言，它是个抽象的东西。文字是把生活中很多很多的事抽象化，当你看的时候，增加你的想象力。电影是"声画的艺术"，是声音和画面组合出来的艺术；电影把抽象的文字具象化，这是一个再创作的过程，是一个艰难的过程，这个过程教不会，只有自己去悟，去体验。

现在读书的孩子少了，这是一个普遍问题，但是一些速成的书籍，讲什么"多少天练成编剧""多少天创作剧本""解开某某成功的多少步"，诸如此类的却大受欢迎。如果你看过这些书，或者听完我今天的白话儿，你就成编剧了，那电影学院就甭办了。编剧是聪明人下笨功夫的活儿。如果说有捷径，那么只有一个：多阅读，勤写作。

犹如市面上"马云成功秘诀"一类的书，不知道有多少种，也不知道卖了多少本，但，中国还是只有一个马云。

要会写梗概

要想使你的作品得到投资老板的认同,你就得写故事梗概。你写了东西想找导演,找投资方谈钱谈投资,就必须交故事梗概。

当然,有的老板,你给了他梗概,他管你要剧本;你给了剧本,他管你要梗概;你给了他剧本也给了他梗概,他就不见人影了,这样的不在少数。但是和正经的老板、制作公司打交道,先拿出梗概来是必需的。

其一,人家不愿意看你的剧本,嫌烦,人家看你的本子就是先看故事梗概。

其二,要保护自己的知识产权,不要随便就把剧本交出,所以就写梗概,也可以叫故事大纲吧。

其实从某些方面来说,梗概倒是更容易被人剽窃。一个梗概就是一个创意,也可以叫作"戏核",核心嘛!这点咱们以后再说。

初学者一般都不太会写梗概,也不愿意写梗概。你甚至会感到写梗概比写剧本还要难。怎么写梗概,这是一个技术性问题,更是一件非常艺术的事情,对许多新手来说也是一件痛苦的事情。

我开始写作的时候就是如此。我的第一部戏很成功,用今天的话来说，就是火了，这下子找我写戏的人就多了起来。尽管那时候我还很不愿意写，不愿意当"作家"，那时只想当个伟大的画家，结果到现在画家也没当成，这点不多说了。

可是，你要写的故事，或者人家指定你写的故事，你得先交领导、老板审查批阅吧？领导没看，老板没审，人家凭什么让你写呀？凭什么先给你打钱呀？没人让你写，你还挣什么钱呀，是吧？你说我就会写剧本，不会写梗概，领导可没时间看你写完的剧本，一个剧本就有十几集、二十来集，现在甚至都七八十集了，那还不得把领导累死。可是一让我写梗概，差点没把我难死，真不会写。

一动手就是细节、情节，就是镜头，就是画面，总不能很好地把一个故事高度概括起来。急得没办法，我就去看广播电视报。那时候的广播电视报每天登第二天要播的电视剧的内容，小豆腐块那么大的文字，我就参考那种东西，慢慢地我会写梗概了，而且逐渐认为写梗概是一件非常好玩的事情了，就像摆放七巧板一样……

怎么写故事梗概

"文字清楚简约，内容波澜壮阔。"这是我总结的写梗概的一个法则。

清楚简约即文字书写清楚，不要写成只有你看得懂，别人看不明白的东西，要惜墨如金，能一句话说明白的，就不要说两句话，甚至要惜"字"如金，能用一个字的，就不要用两个字；波澜壮阔即整体故事一波三折，三翻四抖，错综复杂，丝丝入扣。这就是梗概。

电影的梗概

一个电影故事梗概的初稿，也可以叫创意梗概，有一页到两页纸足够了。

不要长于三页。故事大纲长了人家不看的，都扔在那里。你要投稿，你要找老板，要把你的文字转换成钱，文字就得一目了然。过去电视剧中心的稿子都是用麻袋装的，连退稿都没工夫，你写长了，根本就没人看（中心的编辑主任曾跟我讲过，剧本的成活率仅为千分之二）。

当然，现在的情况有所不同，责任编辑会说，你们写的东西就这么短，人家一写就一万多字。我说那不叫故事大纲，都成剧本了。在美国，人家便会觉得你没有概括的能力。一般最长的不要超过三页纸，这是电影梗概的做法。

电视剧现在一般都好几十集，电影和电视剧有所不同，但是在最初设计故事的时候，最初的梗概都不要长！

一两页纸足矣。

那么这一页到两页的文字是什么概念呢？即A4纸，小四号字，标准空行，空格，开头写上电影名字，这个你还可以用大一点的字号，然后是几个主要人物的列表，一般不要多，一部电影有三四个主要人物就够了，电视剧最多也就五六个。下边就开始写你的故事，电影一页半纸到两页半纸就够了，电视剧也就两三页纸，在这个页数里面要把你的整个故事讲清楚喽！

是不是这样做完就完了呢？远远没有！

这个梗概要拿出来先让老板、投资方对你的故事主题、故事走向及主要人物关系进行认同。老板和同行们会给你提出这样那样的意见，你自己也会有许多新的想法，你要在这基础上反复地修改。这也是要求你文字要少、要准确的原因：船小好掉头。不然，你啰啰唆唆地写了很长的东西，改起来可要人命了。

我曾带过一个学生，我说他写的故事简单。他说，您要求我只能写两页纸，文字跟发电报似的，其实我还有很多事没写进去呢，所以您总说我写得简单。

我说，你这就是还不会写梗概，一是文字啰唆，二是不会高度概括，三是抓不到故事重点。

《曹刿论战》讲，十年春，齐师伐我。公将战。曹刿请见。其乡人曰："肉食者谋之，又何间焉？"刿曰："肉食者鄙，未能远谋。"乃入见。

春秋时期——时间有了；齐国攻打我们鲁国来了——事件有了；一个叫曹刿的急了，要去见主公，给主公出主意——人物也有了吧。人家这两行字的内容还延伸了呢，还起承转合了呢！曹刿的一个老哥们儿说他，打仗是当官的事，你瞎掺和什么呀！曹刿说，当官的除了吃喝玩乐，正经事干不了，这事还得我来，说完屁颠屁颠地还是见主公去了。

时间、地点、人物、事件，两行字，一目了然。

我无意要求大家写得都跟发电报似的，总之要求大家写梗概的时候要惜墨如金，甚至惜"字"如金，能用一句话就说清楚的就不要用两句话，能用一个字的就不要写两个字。

一份好的故事梗概，要让人对你的故事一目了然，不要解释！如果别人看不明白，那只有两种情况：一是你写得不清楚，别人看不懂；二是别人没有认真看。除此之外，别无其他。

现在的这个一至两页纸的梗概还远远不是你要进行写作的梗概。

当你的故事及其主要人物线索得到老板或者投资方认同了以后，你还要在这个基础上进行深入，这个深入的工作是反复的，是需要时间的，因此是痛苦的。

一般来说，电影的深入梗概写到十一二页纸就可以了，这样你就可以"一翻四"地进行写作了。所谓的"一翻四"就是1页纸扩展成4页纸。一个电影剧本约40页纸为宜，约2.5万到3万字。

有人喜欢用字数来计算一个剧本的长短，我认为相对准确的还是页数。一部标准的90分钟电影，按过去计划经济时期的创作规律来讲要写2.5万字左右。老作家张天民，就是写电影《创业》的那位作者，他给我讲过，这2.5万字里有多少是描写场景的，多少是描写对话的，多少是写行为动作的。

现在的电影市场基本还是以90—100分钟电影为标准，所以这个字数不会有大的变化，但是每个人都有着不一样的写法，有的人文字简练些，有的人文字絮叨点。这好比用麻袋装粮食，100斤玉米顶多装一麻袋，你要是装荞麦皮，那100斤你得装四五只麻袋。我们把一部电影的时间容量比作麻袋的话，那应该是40只麻袋（40页纸）为宜。此外，麻袋里必须装的都是"干货"，你要装荞麦皮，这40只麻袋你就装不下了。

一页纸的平均拍摄时间约为 2 分钟多一点点，一部电影 40 页左右最为合适。你要超了，再好的导演，打死他，他也拍不下来，除非他给你剪掉一些东西。

现在有许多制作老板和导演喜欢占便宜，总想让你多写一点，说这样可以挑着剪，这都是心中没底及外行的表现。写得长度不够和写长了的电影剧本同样是不合格产品。我就经常为写长了苦恼，这是最痛苦的事了。

大多"二"的导演，也喜欢你写长，他就可以多拍出长度来。我们经常看到电影或者电视剧里，镜头衔接总有点疙里疙瘩的，电影中这样的情况尤为多见。这就是你写长了，导演拍长了，不知道剪哪里好了，所以才剪成疙疙棱棱的了。

现在电视剧的这个问题不存在了，老板巴不得长出来呢，多剪几集，好多卖钱。电影可就不行了，你拍个仨钟头的电影试试，院线都不好给你排片。

▐ 电视剧的梗概

在电视剧梗概的初稿，也可以说创意梗概被老板认同以后，深入的过程比电影要辛苦一些，因为它长，量大！你要不断地丰富，添加，扩展许多新的内容。那么做到什么程度为止呢？一般来讲，对于有经验的编剧来说，做到十七八页的时候，他就可以写作了。因为他心中有数，他可以在写作的过程中不断地调整故事的走向，布局整体结构，丰富故事的内容。这个咱们就不说了，现在的情况不同，现在的老板都恨不得你拿一个跟剧本一样的梗概来，他看着才高兴呢，要不然，他看不明白。

咱们拿30集的量做一个计算单元，当然，现在的剧都长了，四五十集或更长的都有，咱们就拿30集来计算规划。这么一个长度的电视剧，你的梗概在深入的过程中，文字肯定越来越多，量越来越大。一般来讲，这个过程从七八页，到十三四页，再到二十几页，你要经历这么一个过程。这个过程是不断听取东家和同行们的意见，不断修正、不断丰富、不断进步的过程。

文字量大了，你要把你的故事文字分一下段落，这样便于观看、阅读。

一个电视剧的深入梗概分四到六段为宜。注意！这个分段可不是以文字数量等分的。它是以你的故事发展结构或者时间来划分的。有的几行就可分为一段，有的几页纸分为一段。这个问题需要在实践中揣摩、体验。

打个简单的比喻，如果你写的是一部年代戏，那么你可以从新中国成立初期、三年困难时期、十年"文化大革命"到改革开放把各个阶段划分一下。如果是部爱情戏，那么以两个恋人的结合、婚后感情出现裂痕，到小三明目张胆地出现来分阶段；如你写的主题是如何惩治小三，那么从前边两个恋人的结合阶段，到感情出现裂痕的阶段就可以划分为一大块戏，因为你的戏的主题是如何惩治小三的不良行为，戏剧的起承转合都要在这一块里面展开。

我曾经带着一个新手编剧做过一个电视剧梗概，做到了41页纸，大致分为了七大段。

分段便于观看和阅读，便于把握故事的整体节奏。而这个时候，你还有两个任务：一、检查你的每个段落是否有单元性，故事是否相对独立。一部30—60集的电视剧，一定要有节奏感，观众不可能顶着一口气把故事看完，电视台也不可能给你一气儿播完，每天播两集，所以你要给观众喘气的工夫。本来电视的观看就是在一个松散的环境中进行的——吃着饭，聊着天，扫着地，看着电视。有的人中间还会落下几集，但是你的故事一定要接得上，这就需要长篇电视剧有单元感，即相应段落的故事要相应的完整，相应的独立。如果你发现有的段落故事不完整，你就得修理，加强补充了。二、要相对准确地估计出每个段落的集数。这个工作也很重要，你要练得能够相对准确地判断出你分出的每一个段落能出几集故事来，且几个段落加起来，是否能达到你要完成的总集数——以便规划你这30集或者50集故事的整体节奏。

特别要强调的是，判断每一个段落的集数，可不是以文字数量来划分的，这和上边所讲的怎样划分大段落一样，你要根据整体故事的大节奏、大框架、推进速度来做出一个正确的判断从而划分。如果你发现你所分出的段落不够你要完成的总集数，那么你就得丰富和填补段落的故事内容了。

梗概写到此，你也大致能计算出每个段落的集数和是否达到要求的总集数了，这个时候老板会要求你写分集梗概了。咱们还是以30集一个单元来说，据我个人的经验，一部30集的电视剧，没有必要分出30集的分集梗概来。那样会束缚你的思维及再创造发挥的可能。30集的故事，分出22—24集的分集梗概就可以了。因为你在写作的过程中还要不断地调整你的梗概，丰富和扩展你的故事内容，这种调整和丰富有时甚至会带来较大的变动。

写电视剧的分集梗概，一般一集有多半页纸就够，顶多一页纸，太多容易写水了。30集电视剧你就写30页的分集梗概，人家翻看的时候就很清楚，这是电视剧跟电影的不同点。当然，同样的要求是，你每一集的梗概里也要有起承转合，也要有三翻四抖、一波三折。

梗概做到这种程度，你就可以专下心来，用初恋时的激动、偷情时的兴奋、逃命般的速度，像呼哧带喘的狗一样去写作了。

如果老板要求你继续写分场景梗概，你完全不必理他，甚至连眼珠都不要转过去。这毛病是从香港"屎尿屁"那支儿上传过来的，那是一种流水线式的生产方式，有一个"故事人"，即所谓的总编剧总体把握，让一帮小孩编剧分头写作，总编剧一过手就成活了。这样做，出来的故事很死性，适合情景剧，不利于主流故事的创作。尤其是对你独立创作的剧目，这完全是一种假内行的要求，一点用没有，反而束缚了编剧的手脚。不信，你就试试，瞎耽误工夫。

确定了的就不改了

特别需要提醒大家的是，在你的创意梗概，也就是你最初的大梗概完成之后，你和老板签约时，一定要在合同条款中明确地写上：梗概一经制作方审查通过，在编剧写作的过程中，制作方不得再对故事梗概的主题、人物关系、故事走向提出颠覆性的修改意见。

这点至关重要！现在的制作老板大多心中没底，他随便听到一点狗屁意见，比如电视台的意见，发行人的意见，三流导演的意见，不入流的演员的意见，自己媳妇的意见，媳妇闺密的意见，公司里的一帮刚毕业没饭吃又没有写作能力而去做了策划的孩子的意见，乃至给他开车的司机和电梯工的意见，他都如获至宝，对你提出没完没了的修改意见，一年、两年甚至几年，一稿、二稿甚至百十来稿地折腾。这样的老板不在少数，大多存在于中小型公司里；大公司的老板久经沙场，知道的、懂的较多，很少犯这种错误了。像当年紫禁城影业的张和平，中影集团的韩三平、史东明，海润公司的刘燕铭，还有制作《宰相刘罗锅》的老板边晓军等，这些人都是大手笔。开剧本座谈策划会的时候，从来没见过他们指手画脚地高谈阔论。这些老板都辉煌过。

特别小的公司或者皮包公司的老板也不会这样，因为他们完全不懂。最怕的就是"二把刀"的公司老板，你说他不懂吧，他还能跟你转上几句；你说他懂吧，他提的问题，就像《列宁在十月》里列宁同志的那句台词："一个傻瓜提出的问题，十个聪明人都无法解答。"

当然，好的意见咱们要听，而且你还要会听。当人家给你提意见，想要说服你服从他设计的 A 情境时，你不认同，但你要认真地听，你可能会听出其中有益的成分，从而激发你的思路，为你的 B 情境或者 C 情境服务。

还有的人唾沫星四溅，连他自己都不知道自己说的是什么，只不过是为了在老板面前显示自己"先知先觉"，为自己的低能进行一种掩饰而已，这样的人，就不要理他了。

逢山开路，遇水搭桥，认准了一条写作的道路，就要硬着头皮走下去。总之，条条道路通罗马，可就是不能在去罗马的几条道路上没完没了地跳来跳去，不然，你永远到不了罗马，连通州你都到不了——不累死你，就烦死你。

上边讲了怎么做梗概的一些技术性的简单的问题。

其实在任何行业里，技术都有两个阶段，第一个阶段是有意识的阶段，第二个阶段是无意识的阶段。也就是说，一开始人们都是有意识地使用技术，而到后来，技术就已经深入骨髓，变成了一种习惯或者说工具。

我的小学美术老师给我讲过一段话，他说，学习画画的人开始的时候是无法作画，后来是以理作画，再后来是以情作画，再再后来又回归到无法作画，即到了作画的最高境界"无为"的程度。

举个例子吧，比如说做饭，专业厨师一开始也是从西红柿炒鸡蛋做起的。油多热，怎么炸鸡蛋才能胖胖的、又出数又好看，什么时候放西红柿，葱蒜糖盐都是怎么个比例，这些都是技术，在厨师行业里面还有专门的口诀。当他慢慢地念着口诀不断练习，熟能生巧了，他就不会再默念口诀，甚至不会再完全按照步骤和比例做菜。有时候灵感突发加点儿什么小佐料，菜品就变成另外一个味道了。这就是为什么好的厨师各有味道。烹饪行业的发展也就在于这些创造的过程。如果都是按照步骤来，那么我们至今也就只能吃到那几样菜了。

所以说技术是必要的，但务必不要把技术当成一个使命性的东西教条化地去理解。它只是前人总结的一些经验而已，比如从广州到北京，可以乘飞机可以坐高铁可以坐普快可以开车也可以走着，都能到北京。你能说走着就一定比乘飞机坏？不能这么说，走着还有走着的风景可以看。

之所以说不要去盲目地相信理论书，就是这个意思，包括我今天讲的这些。

各位听的时候一定要慎重，全信和全不信都不足取。我其实一直不敢在公开的场合讲技术，因为这些在我脑子里就从来没有成系统过，我怕我给你们讲完了，我也掉坑里了。再有，我怕让大家误以为技术是绝顶重要的东西，甚至按照技术的方法去套写作，这是最可怕的。如果我的讲座让大家成不了艺术家，这是正常的，但是能成为一个靠技术混饭吃的匠人，也是件让我很开心的事。

写作是自由的，你想怎么写就怎么写。所以技术这件事，了解是必要的，遵照技术的练习也是必要的，但比起你想写的欲望来说，技术就是微不足道的。你真的激动，真的想写，那一切都不是问题。

我认为，我们应该先从跳一跳就可以够得着的简单技术学起，但应该永远保持创作的热情。

梗概写成什么样才合格呢

梗概写成什么样才叫合格呢？咱们换一种形式来讲明一下这个问题——梗概是个什么样子呢？当看完一部电影之后，你默背一遍，你能按照电影里的故事结构、顺序，把这个故事完整地讲述下来，默写下来，这就是梗概！

这是一个很好的写作练习，你能把一些经典电影默写成梗概，或者剧本，那么就形成了一个红模子。练习过后，你肯定会感觉到其中的好处。

我很少看电影，可是我只要看过一部，要是认为它有意思，心里就默诵一遍整个故事，琢磨它有意思在什么地方，不好看在什么地方。这已经成了我的一种习惯，至今如此。

你向制片人推介自己的作品时，给他们看你写的梗概，经常会接到制作方的邀请"过来谈谈"，这时候你要有陈述故事的良好能力。如果你给制片人留下了很深的印象，那么他们才可能认真地对待你的剧本。所以高度概括地陈述故事是一门艺术，它是有很多诀窍的。

我曾经要求一位非常强烈地想要从写小说转换到写剧本的朋友做做这种练习，让她把日本电影《人证》看一遍，然后用梗概的方式述说下来，或者简单地把故事讲述一遍。她看过后给我讲：一个美国的混血黑人孩子来到日本，要找他当年的亲生母亲，他母亲是一个日本女人。他的黑人父亲曾属战后的美国驻日占领军。此时他的亲生母亲八杉恭子已经是享誉日本的著名服装设计师，她为了保护自己的声誉，杀了这个亲生的黑人孩子……

我连忙说，不对不对！人家电影不是这么开始的，你应该这样讲：一个美国黑人穷小子，从保险公司得到一笔钱，来到了日本，不想在一间豪华的大酒店里被一把餐刀刺穿心脏，死在了电梯里。此时这家酒店正在举行享誉日本的服装设计师八杉恭子的时装演出会。八杉恭子在回答警长询问时说，她不认识这个人，而且他肯定也不是她请来的演出团队的队员，尽管她的演出团队是请来了一些国际模特。警署一时找不到头绪……

你看看，这多有悬念，多吊人胃口！

人家电影一开始把该藏的藏了，该埋的埋了，该交代的交代了，这就是结构！做这样的练习，你要严格按照人家电影发展的形式来做，拉片的目的也是清楚和熟悉优秀的电影每一步甚至每一个镜头的用途。

你写梗概，一定要按着电影故事延伸的走向，也就是电影故事发展的顺序来写。

换句话来说，就是你将来完成的电影是怎么演出来的，你就怎么写。

写梗概，一上来就要进入状态。什么事件发生了，什么时候开始，一到高潮，最后马上一句话结束，这就是起承转合。

不要把人物小传当使用说明书

梗概里面不要太多地纠缠于人物关系，要写故事。人物与人物的关系是在故事中建立、协调起来的，如果没有故事、没有事件，人物依附在哪里呢？

很多人总喜欢在人物关系上纠缠起来没完没了，写了半天看不到事儿，他们把人物小传做得那叫一个细。这个人物多大年龄，什么体貌特征，什么性格，什么学历，什么家庭出身，父母情况，什么爱好，婚史情况，有何嗜好……有用吗？我看没什么用，至少在这个阶段没大用！

最忌讳的一种现象是，在你写得如此细腻丰富的小传里发生的"故事"，却和故事梗概里的内容契合不到一起。这种写法最害人也最容易迷惑人。许多"二"的老板往往被人物小传中的"故事"唬住，他再看梗概的时候，脑子里是和人物小传中的"故事"交织着的主观理解，这样往往造成一种假象——人物站住了，故事丰满了。结果，梗概一旦糊弄过去了，将会出现我们策划的时候评论剧本时经常说的：梗概还可以，剧本写得不好。其实，这都是人物小传惹的祸。

再有一个问题，你把人物小传写得太"死"（锁定）了，你再写故事的时候，就陷入小传中人物特定的情境，故事很容易放不开。写着写着你会感觉，不对呀，这不是人物的规定情境呀，这不符合我设置的人物个性呀，于是乎这个桥段不成立呀……你自己给自己在故事还没团起个儿的时候就设置了那么多框框，你能放得开吗？

这种错误大多发生在写作的初学者和"二"的老板身上，但是发生频率很高，也很普遍。

我觉得在写一个梗概前还是写"主要人物"为好。你可在"主要人物"里写清楚简单的介绍，如性别、年龄、职业，就够了。那么人物小传不重要吗？真的不太重要，起码在你故事还没成形之前不重要。

一个人物的成活和一个故事的成活，道理是一样的。它们是经过作者一层一层的思考，在故事的矛盾误会冲突巧合中成形的。

和过去我们手工洗黑白照片时显影的道理一样，当我们把一张曝过光的片子放进显影液里时，图像是一层层、一点点显像出来的，如一个人物，是先显现出黑鼻孔、黑眼球、黑头发，随后显现出来嘴角、耳廓、下颌，最后五官逐渐清晰起来。当图像完全清晰，你认为合适了，就可以投到定影液里定影了。如果在显影的过程中，先出来一只清晰的眼睛，再出其他部位，那完了，当人物出全的时候，这只眼睛就成瞎疙瘩了。这就和你先把人物小传做得太死性，当你再深入故事塑造人物的时候，你会遇到障碍一样。

最后一个问题，这也是初学者易犯的错误，就是在人物小传里，把人物关系写得很清楚很复杂很具体，可是在故事梗概里就不再介绍人物关系了，而直接写他们之间发生的事件。这就很容易让人摸不到头脑，弄不明白他们之间的关系，还得一个一个地对应着看人物小传，这样就把人物小传当说明书使了，可不成。

人家发来梗概让我看，我从来都先把写在前边的人物小传删干净了再看，我就看故事！有的稿子挺长，当我把这些乱七八糟的什么人物小传、故事主题、主要人物关系表删了（有的还画个人物关系表，累不累呀），这些统统删掉以后，再一看，真正写故事的部分没剩多少了。

没有对白在你的梗概里面

梗概里面永远不要写对白，记住，没有对白在你的梗概里面！

不要有太多的形容词，整个故事梗概就这么一点内容，不要有性格刻画，不要有细节描写，不要有独白，这些虚的统统不要！

要什么呢？要的是中国式的白描，你可以"画"得很具体，但是必须是平面的、素描样式的。素乃单也，简单明了即可，只需要把一个故事叙述清楚的白描式的故事介绍。

"密不透风，疏能跑马"

梗概要做到"密不透风，疏能跑马"。

"密不透风"讲的是你的故事要严谨，要严丝合缝，要做到逻辑无懈可击；"疏能跑马"就是要让人看过你的梗概之后能展开充分的想象，即国画里的所谓"留白天地宽"！我们看齐白石画的虾，几只河虾跃然纸上，画面上留下大面积的空白，虾俨然游动于水中，可他老人家并没有画出河水的波纹。这就是"留白天地宽"的意境，你要给看过你梗概的人留出充分的想象空间。

你把握住了这种境界，你的文字自然就精致、准确了。

这也和盖房子一样，梗概的任务就是先把四梁八柱支起来，让人家一看，哦，这盖的是中式的四合院，还是巴洛克式的小洋楼。至于怎么装修，注意，这里的"装修"这个词，就是将来要深入写作的细节，要给人，也给你自己留下充分的想象空间。不要地基还没打好，四梁八柱支得东倒西歪，你就跑大墙上贴瓷砖了，有的甚至把抽水马桶都装上了。一旦故事结构出现了问题，你写不下去了，你还得拆掉，做的这些全是无用功！

PART 1 编剧是聪明人下笨功夫的活儿

　　四梁八柱支结实了，装修那一块的工作就是你留下的想象空间。这也是投资老板最爱掺和的事，他会不断地给你出主意：贴什么牌子的墙砖，铺什么颜色的地板，安什么样式的马桶。

　　当然，现在的老板大多没这种想象力了，他们会说，你怎么写得这么简单？有一位小有成就的女导演对我说，现在你不拿出1万字的梗概来，老板根本就不看你的东西，连谈都甭谈。我说那是梗概吗？那是剧本了。

　　写梗概要做到每一句话都有用，每一行字都蕴藏着千军万马。没用的东西多一句都不要！不然容易晃范儿！什么是晃范儿呢？比如，大会开幕了，会场上全体代表鸦雀无声等待着大会主席上台讲话，这时，一个西装革履的小伙子走上台来，"噗噗噗"地敲了敲麦克风，扭头对后边说：麦克风没有问题，大会主席可以讲话了。这小子就晃范儿了！非常讨厌地晃了诸位代表一道。

　　我看过一作者写的梗概，有文字这样写道：张小姐推门走进刘总的办公室，她把挎在肩上的一个精致的白色蛇皮挎包挪到身前，紧张地坐在刘总对面，双手将那白色的挎包紧紧地扣在膝上……我很认真地，也很紧张地看下边将发生什么事情，结果，屁事没有，这女子就是来面试的！我说，你吃饱撑的，写这只挎包干吗！我还以为包包里装着一瓶子硫酸，要不就是一颗手榴弹呢！他说，是为了表现此女子紧张的情绪。完全没用！这就是晃范儿！

契诃夫的"猎枪论"讲的也是这个道理。

闪回是影视作品独特的一种表现形式，但是在电视剧里最忌讳大段的闪回，尤其在电视剧的梗概里根本就不要写闪回，小闪回也不要写。

硬扣儿硬结儿都要在梗概里解决，电影和电视剧都一样，这些问题都要在你即将展开写作的梗概里解决，不然以后你在写剧本的时候也要解决，背着抱着一般沉。不能在梗概里偷懒，躲得过初一躲不过十五。

从制作老板这一角度来说，这么做也是对自己负责。如果是成熟的、有经验的编剧，那么梗概里稍大一点的硬扣儿硬结儿，会在写作的过程中解决；可是对经验不足的编剧来说，最好就在梗概阶段把这些问题消灭。如果解决不了，老板这时候起码还可以组织个策划会之类的，群策群力，没有过不去的火焰山，不用以后跟编剧上火。

对于一部电影和电视剧来说，梗概做好了，故事就完成了百分之六十。这时候你就可以理直气壮地跟老板说，按合同规定，你得付百分之多少多少的钱了！

梗概做好了，你就会踏实地按照和老板签的合同，按部就班地如约交稿了。

千万不要轻易地说"我写一稿，您看看"

在你的故事梗概没有做完整，或者在老板没有认同的情况下，你千万不要说，"我写一稿，您看看"。这种做法是给自己挖坑儿呢。大故事没整理好，你能写得好吗？也许你心中有底，认为写出来的东西老板会认同的，那你就错了，因为这时你心里想的肯定和老板心里想的不一样。如果想的一样，那梗概不通过的问题不就不存在了嘛。你花半天的气力，几万字写出来，老板不认，你白瞎了！

你也不要轻易地听信老板说的"你先写一稿，我们看看"，结果和上一个问题是一样的。反之，制作老板就是对作者不负责，也要对自己负责，不要轻易说出这样的话来。这都是心里没底、没把握的表现。你折腾作者四脖子流汗地写了好多遍都不满意，你付不付人家钱呀？你怎么付人家钱呀？由此产生的矛盾纠纷还少吗？

· 写 / 好 / 剧 / 本

剧本就要"一稿过"

不管是做电影还是做电视剧,你都要养成或者练成"一稿过"的习惯。

有的同学听了可能欣喜若狂:有这好事?能一稿过那敢情好,我们被老板和导演都快折腾死了,您快教教我们怎么样才能一稿过吧。

其实,我上边讲过了:一是故事梗概得做好,做合格;二是和老板签好合约,制作方不得对已经审查通过的故事梗概的主题、人物关系、故事走向提出颠覆性的修改意见。

还有,导演有时也令人头疼。编剧是一部影视作品生产的头一道工序,是可逆的,即可修改、可调整的,最后不行还可以换人再写嘛。而导演则是这个生产链的最后一道,是不可逆的。片子拍出来了,几千万换成发票了,怎么改?想改?再掏钱,前边花多少,后边您再掏多少。

所以老板大多都信最后一道工序,一有问题,就找前一道工序的碴儿。因此在剧本创作阶段,老板会对导演的意见格外重视,不管他说得错与对,反正碴儿都要找到你——编剧——的头上。我写东西(主要是指电视剧)前,一般都要跟老板讲,最好请导演参加策划:一来显得对导演尊重,就像鲁迅说的,面子是中国人的"精神纲领",要不你看好多电视剧上都写着"某某导演作品",没编剧什么事;二来听取导演的意见,省得后边他翻车;三来是把自己的创作意图反复地讲给导演听,这点也很重要。导演大多在开始的时候没有耐心听你的故事,一时半会儿他也听不懂,加上导演都有强烈的主观的创作意识,这个时候与导演的交流沟通,就是让他听明白你的故事,理解你的创作思想。他可能会跟你争个没完没了,"抬杠长学问"嘛。一旦他明白你的思想,他可能会说这正是他的创作思想,而且他打小就有这思想。这时候,你就别和他争了,因为你的目的达到了——"教育"导演,事后别出幺蛾子。

这些条件你都捋顺了,你就可以一稿到底地写作了。如果你的综合功力不够,完成的故事写得不好看,那么起码故事基础不会动摇,也不会大翻车。过后,老板给你提意见,哪场戏不好,哪个桥段不好,哪段台词不好。这样修改出来的在我看来不叫第二稿。伤筋动骨的调整,那才叫又一稿。如你的实力不足,完成的剧本写得实在不好看,这种情况很多,那你还可以拿到一半稿费呢,不至于白玩命。

所以你在做梗概的时候,一定要把"伤筋动骨"的可能都在梗概阶段消灭掉。

梗概是需要一遍又一遍地丰富，一遍又一遍地调整的。

注意，我在这里没有用"修改"这个词儿，我认为"修"还可以，"改"就麻烦了，要动大手术了。这样说是有点矫情，有点较劲。我只是强调，一旦你最初的故事思路确定之后，就不要老翻车了，这点前边已经讲过。

我在给张艺谋做《三枪拍案惊奇》的时候，梗概就做了几十遍，具体记不清了，怎么着也有三四十遍吧。有一次制片人还打电话鼓励我说，张导夸你了，说你从来不要求"写一稿看看"，就踏踏实实地一遍一遍地按照导演的意见写梗概。唉，这也是没法子的事，张艺谋可不是一日三变，他是一日八变。我这样说无意贬低老谋，他和姜文在我心中都是中国电影界的英雄，张艺谋无疑将在中国电影史上留下巨大的足迹。而写作《三枪拍案惊奇》的过程留给我的却是无尽的痛苦，尤其看过完成片后，更是痛苦不堪。他是一个不讲故事的人（这点社会上早有声音，芦苇更说过第五代导演都不会讲故事），每每我写出一个有意思的桥段，自己小有得意地期待着他的夸奖时，他却总是不以为然。过不多久，这个桥段就被抹掉了。为此我和他小有争论，他回答我，讲故事不高级。

我无语了。

后来我在一次访谈节目里看到他对主持人说，什么是电影？电影留给后人的是什么呢？电影留下来的不就是那么几块颜色，几场戏，几个镜头嘛。这是他的认识，他在他的创作领域里取得了巨大成功，这无可指摘，可这个观点我不敢苟同。

扯远了，再说回来，有些孩子喜欢在稿子后边缀上"第七稿于门头沟""第九稿于亚运村大屯"。玩票呢吧，你把"您吃了吗"改成"吃了吗您"，那不叫又一稿。

我说的"一稿过"就是这个意思，大家正确理解吧。

关于主题

如果写电影梗概的话，一上来要写：一、主题。主题不能过三行字，要过三行字，人家觉得你根本不知道自己要说什么。

那么主题是什么？主题就是一个"点"。你这个片子的"点"在哪里，这就是主题。

好的主题一句话说完，稍微复杂一点的两句话，说不清楚的就三句话、四句话。你说得那么啰唆，人家可能倒看不明白了。你的主题很清楚，很有点，很独特，人家一下就感兴趣了。

会不会写主题是个很重要的问题，搞文艺评论的人会写，感觉编剧说不清楚。我写过一个电影，叫《谁是我爸爸》，讲的是一个单亲家庭的女孩，跟母亲怄气离家出走，寻找从未谋面的亲生父亲，结果邂逅了一个替人追讨三角债的盲流，从而引出一系列令人心酸又啼笑皆非的故事。最后盲流终于帮助小女孩找到了父亲，可这时候，她的父亲已经成家，妻子在医院里难产死亡，不负责任的父亲将刚出生的患有腭裂的婴儿弃于医院长椅上，又不知了去向。小女孩将那个孩子抱了回来。触犯了法律将被公安带走的盲流对她说，你把孩子抱回家，你妈妈乐意吗？女孩说，当然，这是我弟弟呀！

我在构思的时候，把故事讲给别人听，别人大多听罢都说，这是杀手莱昂的故事，我很是不认同。这离我的心思跑得太远。后来，我把写完的梗概给一个写影评的朋友看，他一语道出，"这是一个通过离家出走的单亲女孩，反思成人世界的故事"。哎，你一听就特有"点"，特有力量。你看这就什么都说了，还很清楚，但是什么又都没说，这时候人家就很想看你的故事了。

总结主题，是编剧挺不愿意做的事情，就我个人而言，也不愿意做这样的总结，尤其是在写作之前，我怕限制了我天马行空的思维。

2016年年初，国家电影局和中国电影导演协会组织了扶持青年导演的"青葱计划"活动，我做"剧本工坊"的导师，辅导几个剧本。其中一个叫《美国有个永和县》，中戏毕业的一个孩子写的，那年他刚刚二十四岁。他在报名表里的"项目阐述"中，这样填写"故事主题"：小镇警察演绎"堂吉诃德"探案的故事。下边"心目中的监制导演"是：贾樟柯。贾樟柯，大家都知道，他的电影很特殊，他不是一个擅长讲故事的导演。我剧本还没看，就主观地不以为然，心想，肯定是一个没故事的故事。贾樟柯可以讲的东西，你能讲吗？过去我策划过一个剧本，写得平平淡淡，完了编剧跟我说是学《贫嘴张大民的幸福生活》的。这就像一个人写诗，合辙押韵还没弄明白呢，就说自己写的是朦胧诗，有点扯淡。

再说《美国有个永和县》这个剧本，让我看完一震。这个故事让我这个厌恶北京的北京人明白了一个理儿——为什么那么多的男女青年不顾辛苦地一头扎北京来就不走了。为了实现人生的价值？大都市发展的机会多？这都是很老套的说辞了。他这个故事让我理解了相当一部分涌进大都市来的青年男女——他们所在的生活环境太蛮荒，太落后，太不开化，太不文明了。

故事主人公是一个小警察，饱食终日，无所事事。县城里当年号称"一枝花"的一个女孩喝农药死了，侦查结果说她是自杀。事情过后，小警察接着百无聊赖，这时他的一个发小从北京回来了，令人震惊的是，这个发小带回一个美国媳妇，这几乎轰动了整个县城。小警察得知发小在北京是给"上头"开车的，至于这个"上头"到什么位子，小警察简直不敢想象。看着发小春风得意，他请求发小帮助自己摆脱眼前的无聊生活。发小一口答应，说，你得干出点像样的事情，这样我才好给"上头"递话。一个县城里的小警察除了抓娼抓赌还能干出什么像样的事情来呢？小警察想到前几日死去的那个女孩，于是他跑到局长跟前，说那个女孩根本不是自杀，是他杀，县城出现了一个连环杀手……局长叫他给说毛了，于是同意他重新侦查。

发小拉着小警察，到他过去的女友家里去了一趟。过去，他没离开县城时，女友的父亲看不上他，不让他进门，称敢到我家来，我打折你狗日的腿。现在他发达了，想到前女友家显摆一下，不想，前女友的父亲得老年痴呆了，一见面还是那句话：我打折你狗日的腿……这让陪同前来的小警察很没面子。

这时候，美国女孩和发小闹得不愉快了，决定独自回北京去。小警察开车追到长途车站，企图劝她回来，通过与这个美国女孩半通不通的对话，他才闹明白，她根本就不是发小的女友。发小是在北京开黑车的，他们是在拉客的过程中认识的，发小的车叫城管给没收了，没了生意，决定回老家，那个美国女孩是跟着他回山西来玩的……

小警察在侦查那个女孩自杀事件时，终于搞明白，那个女孩当年是县城里的一枝花，不满小县城枯燥的生活状况，跑到太原，交了一个大学生男友，想留在太原过大城市的生活。不想那大学生刚一毕业就甩下她跑北京去了。女孩无奈，又回到县城来，终于郁闷地自杀了。一切过后，小警察又陷入了百无聊赖之中。

这是一个三个年轻人想改变生活命运的故事。

作者是一个话不多、有点木讷的孩子，他就是山西永和县人。之所以写了这么个故事，是因为他在中戏读书，回家探亲时，家乡的伙伴经常问他，你见过章子怡吗？你见过范冰冰吗？你有和她们的合影吗？他觉得太无聊了，这是他创作这个故事的原始起因。

他显然把他的故事主题组织得很不准确，也许是他受电影娱乐大趋势的影响，极力地想把自己的故事推出去才这样写的吧。后来我帮他总结道："这是一个生活在没有经过现代城市文明洗礼、蛮荒落后不开化的小县城里的三个青年，用同样蛮荒落后的、不文明不开化的行为争取摆脱掉不文明的、蛮荒落后的生活环境的故事。"

主题明确了,写下边的故事就知道往哪使劲了。小学二年级老师教你写作文的时候反复讲"不要跑题",你写不好,那就是"文不对题"了。

电影《荆轲刺秦王》就跑题了,说是荆轲刺杀秦王的故事,结果赵姬却跟燕太子丹再加上荆轲腻歪个没完;《唐山大地震》则文不对题,说是唐山大地震,其实是震后的一个情感故事。

主题往往不是在写作之前就明确的。我们创作一个故事,首先最刺激的是令人感动的人和事,而主题是可以在有了一个相对明确的故事走向之后总结出来的。就像《美国有个永和县》这个故事,如果是写一个"小镇警察演绎'堂吉诃德'探案的故事",那整个故事就走到另外一条道上去了,或者说,文不对题了。

当然,有一些主题先行的情况,如中国的主旋律影片,它绝对是主题先行;还有一些制作老板自己偏爱的题材,即所谓的"命题作文"。

有的人会说了,我们把故事写好了不就得了嘛,至于写主题,让那些影评人去做吧。这种情况很多,也很普遍。但是总结出你故事的主题,除了给老板看,明确你所讲故事的意义,便于他宣传使用,最重要的是,你自己要把握住你写的东西到底往哪种情绪、哪种情境上去发展,不至于使故事走向跑偏。总之,你的故事内涵要深刻一些,境界崇高一些,往高尚了说,"寓乐于教"嘛。

写《三枪拍案惊奇》的时候,故事还没成形,张艺谋就问我,你说咱们这个故事是一个什么主题呢?能不能用一两句话说明白这个故事?我有点懵,真说不出来。这是一个什么故事呢?贪婪引出的离奇命案?没意思,我心想,这就是一个好玩好看的故事呗。我没敢说出来,怕人家说我没文化,丢份儿。憋了半天,他自己说了,这就是一个好玩好看的故事吧。这话是他说出来的,这要是我说出来,他准得灭我。

一个故事会被不同的人,出于不同的理解,或者根据不同的需要解释出不同的主题来。但作为一个编剧,还是要把握住自己故事主题的准确性,万万不可故弄玄虚,玩弄"标题党"那套把戏,招人讨厌。

可以写剧本了

·写/好/剧/本

你现在可以进入写剧本的状态了。

前边说过，一个电影剧本写40页纸就够了。小四号字，标准空行，大约2.5万到3万字。这40页纸是取的中间值，有人写三十七八页也可以，但是最多不要过四十二三页。写长了，多牛的导演肯定也拍不下。

40页纸大约百十来场戏，这百十来场戏也是中间值，有的人写七八十场戏也就够了，但是最好不要过110场，按一场戏平均一分钟来计算。你写100场戏，有的戏长，有的戏短，有一些过场戏也就几秒，有的大场戏需要好几分钟，平均下来，一分钟一场合适。

写剧本，有些细节要注意。

1．场景的分配和使用要集中、多彩

美国的电影已经是工业化的东西，很多东西都像我们配中药一样，几钱几两都给你算好了。所以你也得要有这个功夫，即对场景的大小、长短、出现的节奏，心里都要有底。场景不可分配得太散，不管是电影还是电视剧，故事发生的场景一定要集中，不然你东一榔头西一棒子地写，拍片的预算受不了。

但是一部戏的表现场景又不可过于单调，过于简单就成情景剧了，也没意思。

对于初学者来说，很容易"满天跑火车"地把场景写得过于分散，而有机地使用场景则是很艺术的一种设计。

是不是场景简单了故事就舒展不开了呢？不是！

伊朗电影《一次别离》的场景就很集中，主要场景并不多，出现过五次法院审查室（片头和片尾是主人公夫妻二人闹离婚，其余三次是纳德与女佣瑞茨打官司）。剧中各色人等，纳德和妻子西敏及女儿特蔓，女佣瑞茨和她的丈夫豪加特及小女儿，还有纳德家的家庭老师和邻居老太太，都在这里出现过。女佣瑞茨和丈夫的家庭关系全是在这里展开并交代给观众的，如豪加特脾气暴躁，动不动就拿脑袋撞门，还撞人；他们的小女儿与家庭老师的对话，使观众感觉到她爸爸妈妈在家里的关系也很紧张。最为巧妙的是，影片结束前，纳德与妻子到女佣瑞茨家赔钱时，才出现过一次她家的场景——仅此一次。

再有就是主角纳德的家了，这是全剧的主场景。在这部剧情相当复杂的影片中，充斥着没完没了的争吵。太多的误会、冲突、巧合，大多都发生在这里。从影片中我们可以看出，这只是一个有着客厅、卧室、浴室、厨房和门外的楼道，统共加起来不过七八十平方米的小屋子，而展示出的错综复杂的故事却淋漓尽致。

记住,在电影中你只有那么点时间,你需要不断地推动情节向前发展。你不能停下来弄一个很大的"关系场景"。每设计一个场景都要有它的功能,换句话说,要有它的"戏剧任务"。它们应该推动情节的发展,除此还要愉悦观众的视觉。

2. 内外景的设计

每场戏要把时间、地点写清楚,如日、夜、深夜或黄昏。据说在韩国,这里还要写人物,这就有点扯。我看过许多剧本,大多数编剧总还会写上"内景"还是"外景",我认为文学剧本没有必要写"内外"。

分"内外"是导演分镜头台本的事情,导演的工作就留给导演去做,编剧没有必要显示自己有多专业,累!文本字面也显得"嘈杂",不整洁。

再说,有许多地方你是写不清楚的,例如:

张三一走进李四家的小院,就高声吼道:"李四,你小子怎么迟到了,不是说好咱们今天去北海划船嘛!"说罢,使劲推着李四家的屋门。

屋里的李四闻声一惊，激灵一下撩开身上的被子，薅起身边的一个赤身裸体的女人，俩人一时不知如何是好。

院子里的张三感觉不对，顺手抄起靠在墙角的一把斧子，背在身后，另一只手从门上的破洞掏进屋内，企图将反插的插销打开。

屋里的李四应声道："来了来了，你着什么急呀！"说着，将那赤裸的女人费劲地塞进了衣柜，随后蹿进厨房，抓起一把菜刀，跑到外屋门前。

屋外的张三，正要破门而入，李四抢先拽开了屋门，将他堵在门外……

诸如此类的楼上楼下、门里门外、车里车外的情景，你在写作的时候经常会碰到。如果按内外景来写，屋里一场屋外一场，再分场号，这稿子看着都眼晕。你索性就按一大场戏来写就完了。但要注意，屋里屋外来回跳戏的中间，你空一行，人家看着就舒服了，也不乱。

记住，你写的东西叫电影文学剧本。

还有一种叫分镜头剧本，那是场记和副导演的事。

3. 对话要用引号括起来

还是拿刚才的那个小段来比较，你不把对白括起来，人家很不容易在你的文字中找到哪句是演员该说的话，哪些是行为动作。有些作者为了区分对话与行为动作，往往把对话与行为动作分行来写，这样就形成了这个样式：

张三进李四家的小院。

张三吼道，李四，你小子怎么迟到了，不是说好咱们今天去北海划船嘛！

张三走到李四的屋门前，使劲推着他家的屋门。

你看看，两行变成三行了，显得不干净、不利落了。

4. 边缘人物或者环境人物，没必要起正式的名字

如果是贯穿全剧的边缘人物，起个代号就可以了，如单眼皮、大脸盘子、小鬏鬏之类的。如果你把每个不重要的人物，或

者叫边缘人物、环境人物，都起一个正规的名字，如马正刚、刘思扬、张志京、王淑敏……看剧本的人会半天想不起来这个人是谁，容易混乱，看起来也很累。而你起了这样的外号，人家容易记住，而且也活泼。

5. 形容描写要少、精、准

剧本写多了，你的文字就会越来越贫乏。对于形容描写，你会感觉越来越枯燥，而这些恰恰对剧本来说是不需要的，或者说不重要的吧。你只要准确地把事件、人物行为描写清楚就可以了。

记得我刚开始写剧本的时候，努力地使用各种形容词、副词。描写一个人从椅子上站起来，就写张三倏地站了起来。一个"倏"字，书面语言，我觉得自己特"文化"。再后来，我发现这些都没有用，不如写张三"腾"地一下站了起来，或者张三"哗啦"一下子从椅子上站了起来。一些象声词的描写更有劲，且电影是声画的艺术，这样的描写更有电影感。

上述还是在做剧本过程中的一些技术问题，大家参考吧。

组织结构就是拼七巧板

新浪潮的代表戈达尔说过,一个故事要有一个开端、一个中间阶段和一个结局。于是就有人说,开始、中间、结束,这就是结构。这话说的是一个非常基础的东西,也可以说是结构,也可以说根本不是结构。任何人从早晨到晚上,从上班到下班都有开始、中间、结束,这不能完全说是结构,这就是一个过程。

电影更是这样:你找到很多素材,怎么组织这些素材,先讲哪、后讲哪,哪藏着讲、哪明着讲;故事是瞒观众、不瞒剧中人,还是瞒剧中人、不瞒观众,这就是结构。

简单地来讲,结构就是你讲故事的顺序。

结构就是你用什么样的方式讲这个故事。

组织结构就是把破碎的东西整合起来,把不同的细节有机地结合起来,看谁讲得绘声绘色,看谁讲得眉飞色舞而已。

有一次我和冯小刚聊天,他问起我,你写剧本,感觉最难的是什么?我说是结构!我反问他,他回答是逗乐,把观众逗乐了不易,这是他冯氏喜剧的特性。

我说最难的是结构,尤其电影,就更讲究结构了。电视剧也是如此,只不过电视剧的结构相对松散一些罢了。

组织结构,就好比拼七巧板,就那么七块颜色。这七块颜色好比 90 分钟百十来场的一部电影，拼来拼去，比的就是看谁能给拼成形、拼得好看、拼得巧妙、拼得高级。我写《无悔追踪》，这是一个警察抓特务的故事。这个特务怎么抓呢？是明着抓，还是暗着抓？这就需要有一个设计，明着抓有明着抓的写法，暗着抓有暗着抓的写法。最后你设计的确定的写法，就是结构，讲故事的结构。

记得策划的时候，赵宝刚说到他拍的《皇城根儿》里有一条"祖传金丹"的线索，这条线带着整体故事走，可是这条线埋得太深了，观众看得很不耐烦，所以那部戏市场表现不太好，这就是故事结构没设计好。

思来想去，《无悔追踪》这个故事就明着写了，明着写就是故事里的悬疑瞒剧中人，不瞒观众。观众看着着急：哎呀，他就是特务，笨蛋，赶紧抓他呀！

各种形式有各种形式的乐趣，就看你写得好不好了。

电影《孔雀》是一种单元式的相对特殊的叙事结构，也有人称之为板块式结构。"板块式结构""线性结构"，这好像是电影学院老师们总结出来的概念，一位老师还专门为此写过一本书，概括了几十种讲故事的结构。有兴趣的不妨找来看看，比我讲得明白。

《孔雀》讲述了一个普通的工人家庭中，父亲、女儿和傻儿子的故事。就这个故事而言，我认为这个形式不是最佳的表现形式，不如把父亲、女儿和儿子三个人的故事缝合到一块，相互补充，故事会更浑厚一些。

　　如果做板块式结构，那么最重要的是块与块之间的转场、衔接，这是很艺术的活了。再有，我一直没明白"孔雀"这名字和这故事有什么必要的关联。

　　电影是作者用主观角度、视觉叙述这个故事的进程。现在的年轻人生活得支离破碎，社会浮躁，信息更新也很快，因此寻找新的讲故事的方式，也就是新的叙事结构，是很时髦的。但是，不管怎样，故事本身还是第一位的，不然你就犯了形式主义的错误。

故事永远是影视作品的第一属性

　　什么叫故事呢？也就是说，什么叫戏？

　　人们常说：你看我这一辈子，过得跟演戏似的；你看我这辈子遇到的事，跟给人讲故事似的……这表明了事情的复杂与不可知。故事，首先说"故"，简单的解释是"原因"的意思，有原因就有后果，而且是复杂的、不可把握的、出人意料的结果。单讲"故"字,表示因果关系。再看"事",可说是意外的事情。

写戏就要写故事,不要只写"事"而无"故"。你上班是一件事,请朋友吃饭是一件事,开车去旅游是一件事;你在马路边捡了一分钱,把它交到了警察叔叔的手里边,是一件好事;你去逛街,憋不住尿了,一时找不到厕所,跑到路边花丛中解开裤子就撒,是一件不好的事……但是这些都还只是事,不能叫故事!

那什么叫故事呢?你在马路边捡了一分钱,而那一分钱是你事先丢在那里的,你把它交到了警察叔叔的手里边,只是为了求得公安机关的一纸表扬,以求得单位对你偷了女同事一个化妆盒的处分的解除;你一时内急,跑到路边花丛中小解,结果尿在了躲在花丛中搞对象的一个姑娘身上——这就是故事,这就要出事了!

顺其丰富:你在马路边捡到一万元,把它交到了警察叔叔的手里边,而那一万元是你自己的钱,为的是求得公安机关对你的表扬,来解除因你偷了公司里一只价值八块钱的插线板,公司要对你做出的处分——这就悲情了,这人就成悲剧人物了。你一时内急找不到厕所,在路旁花丛小解,结果却尿到躲在花丛中搞对象的一个漂亮姑娘身上,而和那个姑娘偷情的男人恰恰是你公司里负责提升你的业务主管——这事就大了,人物就尴尬了……这叫戏!

有一次,一个学生问我,您看我写的,俩人物都打起来,都动起手来了,而且打了好几回,这还不叫戏吗?我说不叫戏,你写俩人打架,第一天动嘴,第二天动手,第三天动刀,第四天动枪,就是动了飞机、大炮,动了原子弹,打了一百年也不叫戏!那叫老娘们儿打架。你看那农村老娘们儿打架,坐墙头上骂人家一天,那叫花哨儿,没重样的,那能叫戏吗?那什么叫戏呢?我告诉他,第一天动嘴,第二天动手,第三天动刀,第四天俩人上床了,这叫戏!

这就是"情理之中,意料之外"。这就是戏剧性对抗与逆转,故事就是从对抗到逆转、再从逆转到对抗地折腾。你折腾够了90分钟,一部电影就够了。你折腾出来40多万字,30集电视剧就有了。

怎么就叫从对抗到逆转、再从逆转到对抗了呢

最好的范例还是电影《一次别离》,这样一部现实主义风格浓厚的电影,赢得了金熊奖、金球奖和奥斯卡金像奖等各项大奖的青睐。

纳德家的女佣瑞茨将他的老父亲捆在床上，擅自出门，致使老父亲从床上滚落受伤。纳德还认为女佣偷了自己家里的钱，将她推出门去……

这是第一次对抗——观众的同情心在纳德一方。

不想事情起了变化，离家出走的妻子西敏找到他，告之，女佣瑞茨因为被他推倒而流产，如果她死了，你就是凶手。

事情发生了逆转，观众的同情暂时转到了女佣瑞茨一方。

事情接着升级，进入了新一轮的对抗——瑞茨的丈夫将纳德告上了法庭，法庭指责纳德，你拿不出不知道瑞茨怀孕的证据来，你就是谋杀。法庭当场裁定，纳德如果交不出4000万里亚尔的保释金就要被拘押。纳德苦苦哀求法官，我不能被拘押，我父亲患老年痴呆，没有人照顾，妻子离开了我，我女儿还要上学，我找不到人照顾他们，我不能……法官只是冷冷地说，那你就赶紧找到担保人给你交保释金吧。

这下观众的同情心又完全扭回到纳德一方来了。

看到这里，大家会非常憎恨纳德妻子西敏这个人物了，正是因为她闹着要移民出国，才使得十分孝顺的纳德陷入了如此的窘境。可让人想不到的是，正是妻子西敏在他被收押期间将他的老父亲接回到娘家照顾。在拉着老公公回娘家的路上，她流着眼泪对根本听不明白的老公公诉说着委屈："他连'你别走''别这样''我不想离婚'这样的话都没说过。"由此可知，西敏的离家出走，不过是跟丈夫怄气而已。更为重要的是，西敏还抵押了自己的房子将纳德保释了出来。

这时观众对西敏由一开始时的憎恨转而有了些许好感——这也是具体到这个人物的从对抗到逆转的变化。

纳德就女佣瑞茨擅自离开"岗位"，致使老父亲从床上落下受伤而将对方告上了法庭——这是法庭整体故事的第二次大对抗。

针对此前瑞茨将纳德告上法庭，这也可以说是一次大逆转——法庭裁判瑞茨被收押。注意，这次对瑞茨的处理不是对上次收押纳德的重复，故事在这里起了一个小小波澜：瑞茨的丈夫豪加特当场大闹公堂，法官叫来法警将其也押起来。看，这和上次法庭要收押纳德时不一样了吧？上次是要押纳德一个，这次是要把瑞茨和她丈夫豪加特两个一起押起来。

故事看到这里，观众稍有一点释然：豪加特这人太闹腾了，把他押起来，有点"活该""解气"的味道。可是下边的戏就让人撕心裂肺了。瑞茨哭诉着哀求法官，我求您看在《古兰经》和殉道者的份上……他压力太大了，在过去的那个月里，他几乎隔天就要进出监狱一次。她拿出一个装满药丸的塑料袋，说，我求您原谅他，先生，看看这些，他每天都要吃一大把药，自从丢掉工作，他就抑郁了，他自己也无能为力……法官富有同情心地说，让他赶紧去为你找担保人吧。这个时候，观众同情的天平不由自主地又偏向了瑞茨一方。

我不是在这里给你讲这个故事，电影大家都看过，之所以我唠唠叨叨叙述这些桥段，只是为了讲清楚故事从对抗到逆转、再从逆转到对抗的过程。这个过程，你也可以叫转折、反转、变化，在我的理解来说都是一个意思。最普通的叫法就是——折腾。

但是你不能瞎折腾，你要折腾得有条理、有章法，还要折腾得好玩好看。

《一次别离》到此显然还没有折腾完，主角纳德一根筋的性格开始让观众有些讨厌他了。但是，事态此时显然对他有利起来，法院让他去给老父亲做体检，如果能够证明老父亲身体上的伤是因瑞茨擅自离开房间，老人无人照料而跌下床所致的，那么瑞茨就要承担法律责任，这对他们那样一个穷困的家庭来说不啻巨大灾难。相对于纳德对她承担的责任，两者可以扯平，故事似乎也就至此结束了。可是，事态在这里又一次发生了逆转——纳德在医院里脱掉了老父亲身上的衣服准备验伤时，他犹豫一阵，又把脱掉的衣服给老父亲重新穿上。医生问他为什么，他说，我想他身上的伤跟跌下床没有关系。纳德的行为可以解释为"良心发现"，其行为来自妻子西敏和女儿特蔓对他的影响和压力，母女二人为他的这一变化早已铺平垫稳。

最后，在妻子西敏的说服下，纳德终于同意向瑞茨支付一笔很大的赔偿金。故事再一次推向高潮，人们的同情心又一次倾斜到了委屈到极点的纳德一边。

没想到瑞茨却找到西敏，道出实情，自己腹中胎儿的夭折与纳德无关。那天纳德父亲上街买报纸，她追出去不小心被车撞了，第二天才和纳德发生了冲突。瑞茨是虔诚的信徒，担心讹诈来的钱进了家门会给孩子带来厄运，所以她请求西敏不要给她丈夫这笔钱，尽管丈夫等着这笔钱还债……因为她诚实，尽管家中债主逼门，但是她仍然坚持住良心的底线——这又是一次大的逆转，人们的同情心无可争议地又回到了瑞茨一边。

当西敏和纳德去给她家送钱时，瑞茨终于对丈夫也道出了实情，并未接受西敏一家的赔偿。

影片从平凡得不能再平凡的小事讲起，却撕开了现实社会一个沉痛的大口子。其涉及的文化、宗教、家庭、婚姻，及失业、赡养老人、贫富不均等一系列问题所编织出来的精致的故事架构丝丝入扣；对人文理念、宗教信仰、道德规范的反映更是入木三分。

从某种角度来看，这部电影的叙事结构像探案悬疑片一样复杂。它由三条主要线索组成：一是纳德与女佣瑞茨的矛盾；二是纳德和妻子西敏的矛盾；三是瑞茨与丈夫豪加特的矛盾。三条情节线相互纠缠着齐驱并驾地向前推进。

故事中所有的矛盾点、阴谋和悬念都隐藏在看似平常，实则狂澜深藏的对话、争吵之中。创作者很巧妙而又不动声色地将故事讲得一波未平一波又起，使观众不知不觉地跟着剧中人物在疑云重重的波浪中起伏跌宕。这就是从对抗到逆转。人们从无比同情主人公纳德到同情起女佣瑞茨。这样的从对抗到逆转，再从逆转到对抗，通篇约有十几个情节点，故事一直处于非常饱满的状态，观众的同情心始终在纳德和瑞茨俩人之间来回游走。

影片末尾，在妻子西敏帮助纳德解决完这一切棘手的事情之后，俩人走进了法院。在纳德与西敏的这个故事线里，仍然充满着对抗与逆转，影片在开始部分就重复并含蓄地交代出，西敏其实并不是真心要与纳德离婚。她具有和所有的女性一样的天性——想看看丈夫到底有多么在乎自己，对自己爱得有多深。

可惜，在经历这一切磨难之后，尤其在与瑞茨的官司中，俩人的处理方式不同，产生了越来越多的摩擦，最终确实离婚了。这又是一次大的逆转，令人不胜唏嘘扼腕。

《一次别离》在第61届柏林国际电影节上轻松斩获金熊奖后，势如破竹般横扫各大电影节，共拿下奥斯卡金像奖最佳外语片、金球奖电影类最佳外语片等十多个全球电影重要奖项。这部影片是一部典型的讲故事的教科书，你耐心地把这部片子拉着看一遍，所有讲故事的程序、格式尽在其中。

一个电影故事最原始的基本链条

上边絮叨了半天又是技术又是艺术的问题，我自己看着都有点晕乎了。咱们现在说点实在的——一个电影故事最初形成时的架子。

不管是搞对象的、抓特务的，还是神话、闹鬼的，只要你是在讲故事，形成一个完整的格局和塑造丰满人物的过程的要求都一样——设置障碍。什么叫障碍？就是不让他完成最高任务的办法。

咱们形象地说吧，就像过去在"红白机"上玩的"超级玛丽"。一个小人儿要往画面右侧跑，小鬼、乌龟和稀奇古怪的飞乌龟等敌人都从画面右侧往左侧跑，小人儿怎么办——踩！

遇见小鬼需要踩一下，得 100 分，打乌龟的难度比较大，需要踩两下，但能得 200 分。但乌龟壳子遇到障碍物会弹回来形成新的困难，这时候小人儿又该怎么办？可以选择继续踩，再得 100 分。高手会在这里来回来去地踩，还能把乌龟壳子踢出去打击前面的乌龟和小鬼，为我所用。你还可以选择干脆跳起来让开这个乌龟壳子，不搭理它。

请注意，小人儿不断地前进着，这就是在故事的行进过程中，人物在不断地发展。

人物——就是你——还能升级，吃个蘑菇变大并给自己一次免死机会，再吃一个蘑菇可以打枪。吃金币能加游戏分数，吃 100 个金币能多一条"命"。在很多犄角旮旯里还有一些意外惊喜，比如顶出一个变色的蘑菇也能多一条"命"。

之后困难又多了，开始出现有硬壳的怪物了。打这种怪物用枪也不好使，必须踩，这就让困难变得很大——故事情节不断升级！这使得你的故事不断变换，或者叫"三翻四抖，一波三折"。

你也会有点儿幸运的时候，比如找到一根"常青藤"就可以抄近路，还能吃到很多星星。这是人物的新境界，也是写戏的规律"矛盾、误会、冲突、巧合"中的巧合。

接下来,走啊走啊就到了关底(在每一大关卡的最后,打守关怪物),这就是故事的高潮部分!

高潮检验统一性!

你会遇到很多不一样情景的关底,那就是你常听到的所谓好故事要"高潮迭起"。

这时候就看小人儿,也就是你,到底啥样了,是保留了一个会打枪的红色的你,还是一个不会打枪的傻大个儿,或者只是一个小人儿。如果会打枪,你就躲着关底怪物的火球打它就好了;如果你是傻大个儿,你就使劲往前冲,闯过去就好了;如果你只是一个小人儿,那你就只能想办法躲开怪物,趁它跳起来的时候赶紧跑过去——怎么把故事在最后的关头推到更高的高潮,你要选择!

然后你过关了。这时候我们才知道你的最高任务——敢情费劲巴拉地是为了救那个公主,此即"情理之中,意料之外"。注意,这可能只是一个假结尾。

我们玩到这里,会发现这其实是个悲剧,因为公主长得十分丑陋——这就是突转,高潮又起。

以上就是写戏的基本规律——在一个任务下过关。

写剧本最简单的办法就是这个!

这个招儿就很明白了，在最高任务——救公主——之下，越过障碍——乌龟、小鬼，还有各种增强型敌人——在一条道跑到黑、不迷路不走样的情况下，走到关底——高潮戏——完成任务。

这就是一个故事的基本链条。

再简单地概括下：一个剧本大致可以分为人物塑造、结构、情节的构建、线索等几大元素。当然，对于写作来说，这些东西不能独立存在，它们是互相作用的；在编一个故事的时候，也不可能先从任何一个元素下手用力。就像心肝脾肺肾无法独立存在，我们每个人在娘胎里的时候也不是先长了个心再长肺的。

我们拿一个心讲解心的结构，拿一个肝讲解肝的结构，这都是元素讲解，最终还需要各位自己在实践中融会贯通。技术是帮助你们的，不是限制你们的。这句话是我反复强调的。

要从心出发讲故事，技术只是你的帮手而已。

有些情节要靠"演"过去

写戏当中你会遇到许多你想象不到的困难，这讲不通了，那说不过去了，这都很正常。写戏嘛，就是"脑袋撞墙"，撞过去了就一路光明。可是有些戏是写不出来的或者说是不好写出来的，再或者说写出来也不好看，怎么办？这些戏是要"演"过去的。

电影《芙蓉镇》中，秦书田（姜文饰）劳改获释回家，当他迈进自家的小院，胡玉音（刘晓庆饰）第一眼看到他的时候，四下顿时无声，画面里一片寂寞，连动效声似乎都停止了。她没有惊愕地一叫也没有失声痛哭，而是扶着门框瘫下了身去，不容她瘫倒在地的秦书田一把将她搀扶了起来。这一段自始至终，俩人没有出一句声。这种"人物用动作传达了意志，用行动动词代替情绪动词"的画面，更影视化，更具震撼力。

这样的情景描写与使用在影视作品里多见，不新鲜。但是，碰到大一点的桥段，需要"演"过去的戏，作为一个编剧，脑子里要有画面感，还要懂一些表演才能运用自如。

我在写《看你往哪逃》这部电视剧的时候就碰到了这样的一个过渡问题，一时无策。痞子苗大军三天两头黏着保险公司的理赔科科长，总想讹保险公司一笔钱。可是他发现这位科长最近行动有点诡秘。这天，他好不容易跟上了这位科长，于是他紧追不舍。原来，故事的主角——一位中学老师"死亡"骗保之后躲在了外地，保险公司的理赔科科长得知情况，急忙坐火车前往该地想一探究竟，而这位"死亡"的主角，也正是痞子苗大军过去经常欺负的人。因此,让苗大军与主角见面是故事发展以爆发出更强烈事件的基础,那么苗大军怎么能跟着理赔科科长到外地小镇呢?这让我小伤了一阵脑筋,最后这样"演"了过去:

苗大军挤进嘈杂的进站队伍,伸着胳膊,一把一把努力地想抓住前边一个人的肩膀:"哥,你这是去哪呀?你听完了事儿你再走……"终于,他薅住了那人的一撮头发。

那人回过头来怒目圆睁。

苗大军这才看清认错人了,松开手,沮丧地扭身想退出人群。不想,蜂拥的人群将他挤进了月台。

"嘿,那人!你的票呢!"检票员隔着密密麻麻的人头扯着嗓子朝他喊。

月台里,苗大军垂头丧气地举目四望上车的人群,突然,他眼睛一亮,他追到一节车厢门口,一把抓住一位正跨进车门的旅客的后腰:"呵呵,哥……"

"啪!"上车人的腰带被他拽断,裤子一松,险些落下。他回手抡起手中的公文包"梆!"地砸在苗大军脑袋上。

苗大军定眼一看,原来还是刚才认错的那位。"哟,错了错了……"说罢撒腿就跑。

·写/好/剧/本

上车人愤怒至极，一手抓着裤子，一手抡着公文包穷追不舍。

苗大军顺着列车狼狈逃窜，慌乱中他跳进了一节车厢。

上车人追到门口，突然列车一震，他顾不得追打，扭头跑回另一车门上车了。

苗大军颇为得意，突然，他意识到列车启动，赶紧跑到门口拼命拽动车门！

"嘿！危险！列车启动后不许打开车门！"一个列车员过来制止他。

"我……我不是……我没票！"

"没票拿5块钱到16号车厢找列车长补！"

列车轰鸣，驶出站台。

站在车窗口的苗大军突然看到一个穿着风衣的人（理赔科科长），在最后一刻跳上了火车。

这一段没有什么对话沟通，基本靠人的行为动作。痞子苗大军本来只是想赖住理赔科科长，不想阴错阳差就这样跟着他到了外地，为后边更激烈的故事矛盾奠定了基础。戏就这样"演"了过去。

不管你是写电影还是电视剧，类似这样的情境，"说"不过去而需要"演"过去的地方，从大桥段到小情节，会有很多很多。我举的例子还不够全面、清楚，还有一些语言无法表达的情感戏、欢快幽默的喜剧、汹涌澎湃的激情戏。

你只要记住——"有些情节要靠'演'过去"，就行了。

老子是神枪手——指哪打哪！
老子也是神枪手——打哪指哪！

这是一句吹牛皮的玩笑，可是写剧本就可以"打哪指哪"！

当你写到某一个桥段过不去的时候，你要学会变通。在不破坏大的规定情境的前提下，哪里能把戏做活了、做通了，你就往哪里做，哪怕破坏掉一点点你的规定情境。这就是所谓的"打哪指哪"。

我做电视剧《一双绣花鞋》的时候，差点没憋死，找不着"鞋"呀！戏的名字叫"一双绣花鞋"，这源自一部在"文化大革命"中颇有影响的民间手抄本，故事中不讲鞋显然说不过去。如果生拿一双绣花鞋做道具来说事，贯穿20集电视剧，显然无法支撑得住。它不同于一架老留声机、一台老座钟、一双布鞋，穿，穿不出去，摆，摆不出来，邮寄去人家都不要。手抄本中关于绣花鞋的情节大多停留在简单的描写上:"黑暗中,只听嘎登、嘎登、嘎登,一阵脚步声,随着吱吱扭扭的破木楼梯发出的声响,一双丰腴浑圆的小腿下,穿着一双桃红色绣花鞋子的脚从楼梯上一步、一步、一步地走了下来……来人大骇,浑身的汗毛直立起来……'嗯'地一下,瞬间,那女子不知了去向……"全是这样吓唬人的描写。

作者张宝瑞先生根据这些手抄本重新整理、扩充出小说《一只绣花鞋》,书中也是天上一脚地下一脚,"驴唇不对马嘴"地就是不说鞋。不是张宝瑞写得不好,他自己说尽量保持"文化大革命"中手抄本的时代风貌和民间风格。可见那个年代人们的精神生活多匮乏,就这样的故事都能把当时的人们吓得冒白毛汗。

抽掉十几条烟后,我终于找到了"鞋"———一颗大炸弹。

重庆解放伊始,敌特猖獗,一帮小特务伺机破坏"庆祝解放大会",决定把一颗被飞机丢下来未爆炸的大航弹,趁天黑运到会场,准备在第二天开大会时引爆。不想这天夜里解放军全城戒严,开展大检查,小特务们忙乱中将这颗大炸弹藏进了一家小绣花鞋店,威胁店老板替他们看好喽。随后他们给台湾特务机关发电报说,行动暂缓,炸弹临时存放在一家小绣花鞋店里……公安机关截获了敌台电报,由于信号不好,收到的电文只是"行动""炸弹""绣花鞋"等个别字样。于是公安机关错误地推断出敌人将有一个代号为"绣花鞋"的行动。这个行动是什么内容呢？这就构成了故事的主要悬念。

在没有违背"绣花鞋""反特"这样的规定情境的前提下，故事核有了。这就是我说的"打哪指哪"的意思。

这个例子可能有点矫情，你会说，这不过是大故事最原始的设计而已。好吧，我再说一个具体到人物的"打哪指哪"的设计。

还是这个《一双绣花鞋》。刚解放的重庆一片混乱，国民党军队撤退，解放军进城。一个脸上长着颗大痦子的花枝招展的妓女，带着一帮散兵游勇拦住国民党特派员的车子，闹着要钱，骂国民政府克扣了她们"国军烈士家属"的生活补贴。后来，政府查封妓院，又是这个大痦子带头闹事抗拒。但她只是个环境人物。

责编看到这里跟我说，这个人物有意思。我这人不禁夸，蹬鼻子上脸说，你看着我把这个人物发展下去，最后成为一名共产党干部。责编的脑袋摇得像拨浪鼓：不成不成，把一个穿旗袍、光大腿的妓女写成共产党干部可不成。较劲是我改不了的坏毛病。这个人物后来被写成了这样：一年后，大痦子从劳教妇女学习班回来到派出所报到，警察听说她被分配到区文化馆工作，鼓励她到了文化单位要多向老革命同志学习。大瘪子说，学习班的领导也是这样叮嘱我的，让我认真工作，给这些进城的连万有引力都不明白的工农干部补习文化课……警察一听懵圈了：你懂万有引力？大瘪子一拍那小女警察，说，瞧你说的，我是你重庆大学的师姐啊！

这个人物反转过来了吧？

你要把你的角色复杂化，而不是仅仅把故事复杂化。

大瘪子是大学生，抗战初嫁给一个飞行员，丈夫在抗战初就牺牲了。她拿国民政府补贴，政府腐败，克扣补贴，到手的钱养不了家，她没辙做了妓女。这是一个旧社会把人变成鬼，新社会把鬼变成人的套路。

故事不能脱离规定情境，要放得出去，收得回来。大瘪子后来当了街道文化阅读站站长。1958年大陆炮击金门时，一炮竟轰死了台湾方面的金门守军司令，台湾方面大惑，解放军哪来这么厉害的大炮哇？于是遣特务进大陆侦察。四川是军工生产重地，特务就来到了重庆。小特务们害怕，不敢擅自行动，又怕交不了差，便溜进阅读站翻看解放军画报，悄悄把画报上有解放军和大炮照片的画页撕下来，准备回去交差，结果被时刻保持革命警惕的大瘪子站长擒获——人物和反特的规定情境勾上了吧？

人物写丰满了，但这个人物与主题"绣花鞋"有关联吗？必须要有关联！那颗当年藏匿在小绣花鞋店的大航弹，已经沉入地下的下水道里，地面上则是新建的少年文化宫，大瘪子已经是少年文化宫的总辅导员了。新中国成立三十五周年大庆时，穷凶极恶的特务决定制造事端，引爆这颗炸弹。在公安机关的配合下，大瘪子冒着排弹时随时可能发生的危险，沉着冷静地指挥着少年合唱团演唱着"让我们荡起双桨……"。终于，公安人员将这个在地下威胁了城市里的人们三十多年的隐患排除了。

大瘪子在开始的时候是个环境人物，发展到最后也只是一个边缘人物，连个副线人物都算不上。我举这个人物的例子，只为说明在戏中如何盘活一个人物，即所谓的"打哪指哪"。

电影要"掐着表"写

这是一个对于你写作的故事在时间上进行整体把控的问题。电影是工业革命进步的产物，有了电才有了电影，因此电影是有技术要求的。

这里咱们说说时间。

前边说过一部标准电影为 90 分钟。你的故事讲的可不是 90

分钟的事,你写一个《恩爱一生》,少说也是四五十年的事吧;《半路夫妻》也得二三十年;《百年孤独》得一百年了。别说这些事在90分钟里讲不完,你就是写一个《激情2小时》,比90分钟还多30分钟呢。当然电影不能这样写,所以从某方面来说,电影是浓缩的艺术。你要把一个复杂浑厚、经过高度浓缩的故事,精细而又富有情感地、概括地讲述出来,你就得有效地掌控住时间。

说白了,"掐着表"写,就是你要把"起承转合"(故事)的"松紧疏密"(时间)分布匀称。

电影院里一黑灯,12分钟左右(含片头字幕)就得把主题带出来,不论是通过角色之间的对话还是动作,一定要提出一个憋得人要尿裤子、连厕所都不愿去的问题或者悬念来。这块戏占多长时间,你要写出多少字、几页纸,你得有数。如果你写了很多字、好几页纸了,那么你要理智地弄清楚它只能占用电影中的多长时间。

开头的事情讲得很有意思,如媳妇跟隔壁老王的爸爸出轨了;张三被李四的奶奶杀了;刘董事长的裙子不知被谁割了一大口子;小李的手机掉马桶里了,手机上有他偷情的照片……但是你转起来没完也不行,观众又要起身上厕所了,这就需要你马上转入下一个剧情的转折点。

不管是什么内容、什么类型的故事，一部常规电影里大致也就那么五六个大单元（多的有六七个大单元），换种说法，90分钟的电影里，就那么五六团事儿。多了时间容不下，少了不够时间。

怎么讲是五六团事儿呢？咱们拿《拯救大兵瑞恩》剖析一下：

美国陆军参谋长马歇尔出于人道主义关怀，要把一连接到三个儿子阵亡通知书的母亲那唯一还活着的小儿子瑞恩从法国战场上找回来，送还她的身边。于是由米勒上尉带领着一支小队来到了诺曼底登陆后的法国战场。大家印象最深刻的诺曼底登陆那场27分30秒的战斗，算是这部电影的第一个大单元吧。

再往下，小队进入法国小镇，一家法国人从废墟中逃到街道中央，上前救护的一个美国士兵被冷枪打倒。小队中的美军狙击手与不知暗藏何处的德军狙击手长久对峙，最终机智地将其击毙。

小队行进至一片倒塌的楼区，士兵胖子休息时无意中靠倒一堵墙，想不到大墙后面的是一队休息的德国兵。两拨人几乎鼻尖碰鼻尖地拔枪对峙，谁也不敢先开枪。

小队路遇德军雷达站，军医负伤牺牲，队员们非常难过，命令一个德军俘虏给他挖个尸坑。那俘虏怕死，一个劲儿地讨好美国大兵，又是唱美国歌又是骂希特勒，最后美军把他放了。

在美丽的草地上，突遇一辆德军坦克，小队队员有点慌乱，可德军坦克却不知被哪里打来的炮弹击中。另一支美国部队出现，瑞恩就在其中。

最后的高潮是，瑞恩拒绝跟米勒回国，他要留下来帮助牺牲大半的空降部队，消灭要从这里撤退的德军装甲部队，于是小队全体队员决定都留下参加炸桥行动，同时保护好瑞恩……

六大单元，讲完了这个故事。奥马哈海滩登陆拍了27分30秒，这是斯皮尔伯格的匠心之作，也是支撑全片的感情基础。其余的几块戏，都要按照故事情节的"轻重缓急"，做一个时间上的合理分配。而这种时间上的分配，是你在写作过程中心里有数的、下意识的。

罗伯特·麦基在论述怎样写剧本时曾详细地讲，从多少页到多少页，故事要讲到什么程度。也可以说他是从一个方面阐述了这个时间问题。

我是从另一方面，强调编剧写戏的时候要有"掐着表"写的时间意识。

有了时间概念，90分钟你要讲好多好多的事，你就会紧张起来，这是最好不过的感觉了，你不会浪费你的每一行字。当你看着在电脑上敲打出来的字行逐渐往下延伸，很快要铺满一页纸的时候，心中有了点恐怖的感觉：哎呀，还没写什么呢，怎么又一页纸啦？！这就对了！在这种恐怖感觉的压力下，你要挤压戏中的时间，不浪费每一页的内容，戏的节奏自然就快起来了。

这和海明威写作时的情景一样。他为了不使自己写的东西拖沓，一直坚持站着写作，写到紧张的部分，他还要欠起一只脚来，独脚站立，为的就是让自己保持最紧张的节奏、最激烈的感觉。

写电影要"掐着表"写和海明威欠起一只脚写作的意思一样，总之，你要想方设法让你写的内容把观众死死地固定在座位上。能让观众憋得尿了裤子的影片，一定是高票房。至于灯一亮，他再骂大街，那就活该了，反正他花钱买票了。

写戏要"紧前不紧后"

和写字"紧上不紧下"一样，写戏要"紧前不紧后"。

现在的社会越来越浮躁，人们的耐心越来越禁不住时间的考验，哪怕是他自己花钱看一场电影。所以，开始进戏一定要快，矛盾出来的同时要把背景、历史全部带出来。要把所有的信息全部交代完毕，不能等后面一点一点发展。

我的一位在艺术学院教书的朋友给我讲，为了严谨地、具有说服力地给学生讲清楚这个问题的重要性，他利用假期看了整整一百部片子，得出的总结是：故事开始以后第一个大的爆点，或者叫大悬念，或者叫大冲突，最晚得在第16分钟左右发生，一般都在第12—13分钟。

记住，这"12—13分钟"是包括片头字幕的。而一般我们认为很无味、沉闷、看不下去的电影，通常就是这个环节没有处理好。

还拿《一次别离》举例。故事一开演，一秒钟的工夫都没耽误，就是主人公纳德与妻子西敏在法庭上闹离婚的对峙，把这场戏中将要发生的一切事情的原委交代得一清二楚——妻子要出国定居是为了让女儿有一个良好的学习环境，丈夫不愿意走是因为有一个患老年痴呆的父亲，妻子说已经找好了保姆照顾……你看，除了出场的夫妻纳德和西敏二人，暂知的对话中就交代出来了一个女儿、一个父亲、一个保姆这三个人物，这三个人是后边故事发展的主要支撑。

值得寻味的是，在故事开始，也就是在法庭戏的开始，注意，第一句话就是法官问道："你提交的离婚理由不充足，如果你有别的理由可直说，比如……"妻子西敏回答："不，他是个正直的人。"妻子说的这句台词不容忽视，她说他（指丈夫）是个正直的人。这句话的重要性在于，使观众不要瞎猜俩人的离婚还有什么别的因素，什么出轨呀，第三者插足呀，全没有。目的是使观众的注意力全部集中到后边所发生的错综复杂的故事上来。这就是不晃范儿。

这些在电影剧本的前三页纸里就得完成，因为你还要给人物塑造留下空间，让人物的性格和命运有时间展现。情节矛盾在开始时就得用逃命般的速度给观众交代出来。

电视剧也一样，如果前五集抓不住观众，不要说观众不看了，电视台就给你停播了。古人写诗讲究撒手如爆竹，出手就得响。

日本偶像剧有一个特点可以拿来说明问题。他们制作的偶像剧总长度一般平均十三四集，每集的时间还不一样，往往第一集要长一些，有的第一集要长到50—60分钟。而后边每集的时间就短了，一般平均30—40分钟。这个在我们这里不可能，因为电视台不好给你安排时间。

这样做的好处是开头就死死地抓住了观众，如较经典的一部

《悠长假期》，开篇第一集，故事就讲得非常饱满：一个参加婚礼的女孩，突然发现新郎没有到来；女主角穿着婚纱疯狂地跑到新郎住所，发现新郎逃婚了，于是她硬在新郎住过的地方留了下来，非要等他回来，结果和与新郎合租的一个弹钢琴的青年住在了一起。在这一集里，故事还详细地交代了这个弹钢琴青年的背景故事。你看看，它的第一集有多丰满。

电视剧，现在跟过去不一样了。我在20世纪90年代初写戏的时候，一般来讲电视剧要到第二、三集时才推出矛盾，第一集反而要求松一点。为什么呢？那时候观看电视剧的人有一个毛病，第一集他们往往不看，或者忽略着看，只有到第二、三集的时候才开始认真看，你都想不出来那个年代会是那样。现在不行了，一个学生跟我说，现在写网剧的，前三分钟抓不住观众眼球，都没有点击率。

■ 写戏要"紧拉慢唱"

你看那唱京戏的，京胡"吱啦哇啦"地拉得山响，那唱戏的却甩着水袖，绰约多姿地"吱吱呀呀"不紧不慢地唱着，写戏也一样要"紧拉慢唱"。讲故事，你只有在开头用逃命般的速度交代清楚所有的矛盾、误会、冲突、悬念，接下来才可以从容地讲述下边发展的故事。这就是节奏。

"紧拉慢唱"不局限于故事开始,而是贯穿于整个故事所有的起承转合之中。

电视剧更要如此,"起"和"转"要迅猛,要卒起不意,要激烈;"承"和"合"要舒缓,要优美。这一点,就要求你会写闲笔了。

所谓闲笔就是似乎游离于故事的主要人物、主要事件之外,但是又相对服务于主要人物、主要事件的有趣味的情节、情境。这话说得有点绕,咱们还拿《一次别离》说。主人公纳德开车到学校去接女儿,在回家的路上给汽车加油。纳德坐在汽车里,女儿给加油站付完费进到车里来,父亲就问她,找钱了吗?女儿说,找的钱我没要,给他们当小费了。父亲说,加油的时候不需要付小费的。女儿为难地问,那怎么办?父亲说,去,要回来!

这算是道闲笔吧,如果没有这场戏,故事也完全可以通畅地讲下去,但是这场戏塑造了纳德刻板、一根筋的性格,为以后观众更快、更直接地理解纳德对待所遇到的一系列事情时所表现出来的态度作了铺垫。

邹静之写的《琉璃厂传奇》里有一个"篮球哈"就是一道闲

笔，写得很好玩。一个打篮球的，姓哈，旗人。张国立在剧中饰演的破落王爷，穷困潦倒走投无路时，碰到这个中学同学篮球哈。篮球哈把大宅子借给了破落王爷，使得他借着这个宅院东山再起了。这就是闲笔对于故事的作用。

扯远了，咱们回过头来再说电影的"紧拉慢唱"。宁浩的《疯狂的石头》就是故事讲得太紧，"慢唱"不下来，挤掉了塑造人物的空间。宁浩是做故事的一把好手，这部片子我看过两遍，可我怎么也默记不下来，情节点太密。我对他说，把你故事的情节点去掉四分之一，故事会更好看。他也承认，说很多人都跟他提过这个意见。

反之，顺着他这支儿下来的《泰囧》，故事就讲得宽松，人们就会回味演员表演得如何如何，它的票房与气势甚至压过了宁浩的"石头"。

现在的电视剧更甭提了，都是"慢拉慢唱"了，而且唱还改哼哼了，这也是近年来电视剧收视率下滑的原因之一吧。

如何选择题材

所谓选题材就是找到打动你的那个故事

所选的题材，一定有个东西深深打动你、触动你，让你心里有一种激动之感。那么激动从何而来呢？到生活的海洋中去找吧！当你找到这个题材，当你被这个题材感动，那你一定能写出好东西来的。世界那么大，每天发生的事情都不可预知，编剧必须是一个很冷静地站在旁边的人。

王小帅的《左右》就来自电视上一个纪录片对真实故事的记叙，这个故事就很曲折感人。一对离异的夫妇各自重组了家庭，男人带着的跟前妻生的孩子突然得了白血病，无法找到适配的骨髓，于是这个男人决定跟现在感情很好的妻子离婚，和前妻复婚，以求再生一个孩子，用这个孩子的脐带血挽救他们共同的女儿……如果没有这个纪录片的真实报道，一时还真很难想出这么个故事来。

这就是生活大于艺术了。

赵本山主演的《落叶归根》也是同样，故事很"各色"，还有点蹊跷。一群在外地打工的民工，决定把死亡的同乡带回老家去。按照法律规定，在哪里死亡的要在当地火化，可是这伙人愣是带着这个死去的老乡的遗体一路坎坷，终于回到了故乡。这绝对是生活中可能发生的事……是一个很好的故事。

这些题材都是来自生活中的非常新颖、非常特殊、非常鲜活的故事。没有必要削尖脑袋、挖空心思去想，哎呀，我写什么好呀！任何题材都可以写，没有什么不可写的，只是你写得好不好而已。

再说，中国电影的类型片还是很单调的，像战争片、音乐片、歌舞片、悬疑片、推理片、惊悚片、喜剧片、灾难片，在我们的电影市场上还比较少。这不能全怪罪于编剧，中国编剧的想象能力一点都不比美国人差，究其原因还在于制作老板们思路的狭窄以及我们在一定程度上受到审查制度的制约。

战争片。我把中国的战争片分为两代，第一代战争片即改革开放前，我们老一辈电影工作者拍过的影片，像《铁道游击队》《智取华山》《红色娘子军》等等。这些老艺术家们就是从战争年代走过来的，像陈强、崔嵬、田华、张平等都是革命老干部。据说，当年张平拍戏的时候，身边还带着挎着盒子炮的警卫员呢。我和陈强老爷子拍《鬼子来了》的时候，他给我讲了许多当年在延安和在山西"西战团"时候的故事，其中有一个细节，他讲把伙食尾子和香烟火柴什么的都塞进八路军军帽的那个夹层里，我觉得挺有意思。后来我创作《血性山谷》的时候，用了这个细节：小八路军战士将老乡的一块大洋塞进帽子夹层里，后来他脑袋中了日本鬼子一枪，临牺牲前他把帽子摘下来扔给了山下的老乡，那个老乡从帽子夹层中摸出了那块被子弹打出一个缺口的大洋……

这批影片极具生活质感，是我们今天的电影创作所不及的。

《董存瑞》中的董存瑞，在那个年代戴着一顶类似于今天棒球帽的瓜瓣帽；《党的女儿》中，李玉梅和几个党员用咸菜来交党费；《战火中的青春》中的高山女扮男装参加了解放军，排长雷振林调侃她手中的"老套筒"，要给她换杆"三八式"。这些很生活化、很接地气的情节恰恰是我们这代电影人所陌生的。于是乎，就出现了一大批胡说八道让中国人丢尽脸的抗战"神剧""雷剧"。

但是这些毕竟是那个封闭年代制作出来的影片，或多或少地都受了一些"左"的影响，故事大多都相对简单，也有着些许"三突出""高大全"的意味。

第二代战争片，即改革开放后第五代电影导演拍的片子，代表作有《黄土地》《红高粱》《喋血黑谷》《一个和八个》《晚钟》等。第五代导演的确把中国的战争片的艺术水准、人文理念都提高到了一个空前的高度。《一个和八个》中的那个土匪俘虏老烟鬼，为了让八路军小女护士不受日本鬼子的凌辱，用枪里仅有的一颗子弹将小护士打倒……后来审查时这段被剪掉了，改为老烟鬼有着使不完的子弹，将鬼子一个个打倒后带着小护士安全脱险。吴子牛拍的《鸽子树》则没通过审查。

咱们不评论片子改过后的品质如何，不评论片子为何被"毙"掉，只说这代导演的人文理念及影像的品质都已有极大的提升。

可惜他们后来就不做战争片了，玩艺术去了。

苏联卫国战争打了三年多，他们的战争片子已经拍到第六代、第七代、第八代导演了。我们看到的许多年前的《这里的黎明静悄悄》《战地浪漫曲》应该算第三代、第四代导演的作品，20世纪80年代初公映的《岸》就更晚些了。苏联解体后又出现了一大批新观念的战争片，如《第九连》《布列斯特要塞》《战场上的布谷鸟》等。

我们中国打了一百多年的仗，民国史就是一部战争史，光抗日战争我们就打了十四年，可我们的战争片只拍到了第二代。你会说八一电影制片厂拍过许多大战争片呀，如《大进军》《大转折》《大决战》《百团大战》等，西安电影制片厂也拍摄了《西安事变》等。那些都不算，艺术水准不够。曾有人谑称，这些影片属于绚丽多彩的大水粉画，水粉相对油画来说，颜色鲜艳，但易褪色、掉色，不易保存。

《亮剑》开了近些年电视剧的战争片先河，但越来越多抗日"神剧"的出现，导致我们现在拍战争片跟玩儿似的。管虎拍的《八佰》，给我们现在的电影市场开了个战争片的好头。

喜剧片。有人会说，这几年我们市场上的电影不大多都是喜剧吗？此话差矣。喜剧要有喜剧的格式，喜剧要有喜剧的故事结构，不是凑了一帮长得"喜剧"的演员，演出来的东西就叫喜剧了，那叫"洒狗血"。

奥斯卡获奖编剧保罗·哈吉斯说过，他看不出喜剧片、剧情片，或者悬疑、神秘类型电影存在神秘差别。我理解，他还是在强调喜剧也要有较为强烈的故事性和戏剧性结构，而喜剧的确有独特的戏剧架构。

喜剧除了有喜剧特殊的故事结构，还要有喜剧导演和喜剧演员。我们一般介绍某个演员和导演的时候会说，这是著名演员，这是著名导演。而介绍到喜剧演员和喜剧导演的时候就会前置一个定语：这是喜剧演员，这是喜剧导演。没听过介绍时说，这位是正剧演员，这位是正剧导演的。可见喜剧的独特性。

我们电影市场上的喜剧片还很不成熟，很不"纯情"。

我一直认为高级的喜剧是把痛苦让你笑着看完。在剧场或者观影的时候,你是笑着的,回到家你躺在被窝里一琢磨,还是觉得好笑,然后你哭了。这才是我认为的高级的喜剧。好的喜剧要微笑着面对苦难,以一颗饱尝痛苦的心去化解苦难,超越苦难,赋予人们以喜剧精神,让人们用这种眼光面对生活的苦难、荒诞与无奈。

王尔德认为:幽默是快乐与悲伤的结合。幽默要内敛,忧郁与幽默互相诠释。看起来感觉上像悲剧,思考起来却是喜剧。

所以说,高级的喜剧不单单是搞笑,尤其不是恶搞。至于市场上近几年涌现的"喜剧",客气点的定位叫"喜闹剧"吧。

冯小刚无疑是位搞笑高手,他的《甲方乙方》《不见不散》是喜剧结构,其他的片子基本还是情感故事。所以媒体评论他时用了"冯氏喜剧",我认为是比较客观、比较准确的。

现在银幕上表现的那叫闹剧,是靠演员的龇牙咧嘴装疯博观众一笑,这种样式是从香港"屎尿屁"电影的那根线儿上传过来的。

法国有部电影,叫《碍手碍脚的人》(又译为《麻烦先生》),那是有着喜剧结构的喜剧电影,大家不妨找来看看,比较一下我们泛滥的"屎尿屁",比听我讲要明白。

悬疑片、推理片、惊悚片。十几年前，我做电视剧《一双绣花鞋》的时候，《北京晚报》的一位记者采访我时问道，为什么中国编剧没有写悬疑片、推理片的呢？是写不出来吗？我回答她，第一，写这类的东西费劲，作者需要花几倍于一部常规戏的气力去写作，而老板又不会因此多给你一分钱；第二，我们没有这类题材的文学基础。文学是电影文学的母体，我们国家没有柯南·道尔，没有阿加莎·克里斯蒂。在日本，从六七十年代大红大紫的森村诚一到后来大紫大红的东野圭吾，其推理小说在世界上占有了一席之地。而这，恰是我们母体文学的空白，是中国电影的一个空缺、一个遗憾。

我们所谓的推理、悬疑的理念大多还停留在包公案、施公案这类几百年前的旧体小说上。近几年来，电影市场出现过一批这类题材的片子，网络上更是粗制滥造了一大批，目前看来还没有扛鼎之作。

灾难片。如果说十几年前我们制作灾难片在技术上有困难，那么到了今天，应该说不是事了，我们国内的特技制作达到了一定的水平。再说，和国外的特技公司合作的途径也很便利了，价格甚至比国内的还要便宜。可是就是没有人来做灾难片，这当然主要还是因为制作老板的短视和急功近利。我们有好多可以用来制作灾难片的题材，像唐山大地震、汶川地震及经常发生在西部地区的蝗虫灾害，还有若干年前蚁患险些侵害了克拉玛依油田，想想这些都能写出非常好的故事……我的一个导演朋友根据汶川地震写了一个叫《高三·五班》的故事，这名字听着还挺时尚。故事是讲，高考前，追求升学率的学校领导把学习成绩较差的学生临时编成一个班，全班自暴自弃，临时调来的一位年轻的男老师也应付差事。让人意想不到的是，地震中，这个班的学生表现出空前的团结、异常的勇敢……青春励志，一群情窦初开的男女学生，加上灾难片的商业化包装，应该能出一部好看的片子。这位导演朋友曾亲临地震灾区，他是根据真人真事改编的。地震过后，学校接受中央电视台由崔永元带队的采访时没有让这个班露面，而是把学习好的班集体推到了镜头前面，于是这个班冲到了台上，抢了镜头……这个题材就是一个不错的选择。

我举这些例子就是要告诉你，生活就像由七彩石组成的一个万花筒，你随便取出一块，精心打磨就会让它更加光彩照人、斑斓无比。只要你用心地去生活，写作的题材你可随时信手拈来。

编剧不要自我沉迷

我碰到许多人跟我说，哎呀史老师，您写写我吧，我的事跟谁说谁都感动得掉眼泪，我苦呀……听了半天我也没听出什么事来，更谈不上故事，就是家庭矛盾。这样的人，我碰多了听多了，好在他们只是外行人、圈外人，顶多耽误我点时间，躲得远远的就是了。

其实最欠"打"的是一些业内人士，排头的就是编剧，还有制作老板。有人会说，你对他人这种态度很不文明。鲁迅先生说过，无端地空耗别人的时间，其实是无异于谋财害命的。对待图财害命的人，"打"他多吗？我几次碰到带着钱来的老板（没钱的老板更多），对方说，哎呀史老师，你写写我的故事吧，我这一辈子的事老感动人喽……我听了半天，除了家暴就是个人奋斗史，而这奋斗的过程无外乎辛勤劳动的积累，没啥新鲜的。

编剧无疑是摄制组里最有文化的（至少我这样认为），可是有时也会掉进自我沉迷的怪圈，一时半会儿不能自拔。他们会很"理论"地跟你讲一个听起来索然无味或者说还没有上升到"故事"的事。我不得不硬着头皮听他们讲，"哎呀，这事对我触动太大了""这事对社会影响太大了""这事我写出来一定会产生巨大的轰动效应"云云。如果你只感受这事对你的触动，而不去考虑它能不能构成故事，也就是它有没有戏剧性，那必败无疑！

过去有家大制作公司要拍一部关于梅艳芳的电视剧。梅艳芳，大歌星，在歌坛上光彩照人、魅力无限、无人不晓。策划人讲述起来激动得几乎不能自已，且将影片成形的样式设计得面面俱到，可是对于怎样创作出一个有声有色的故事、怎样塑造这个特殊人物并使其丰满却是一片空白。我曾几次被邀请参加剧本策划，几次提出剧本故事性的不足、人物设计的简单薄气。尽管大家都认识到了这点，但很快被创作者与制作者的激情淹没于他们的自我沉迷之中。结果就是，开机以后，导演越看这个剧本越觉得糟糕，甩手扔下剧组——跑了。

由此而言，你只有一个令人激动的想法，或者一个震撼人心的事件，你只是急于表达你的内心对这个事件的感悟，而没有形成一个结实的故事，没有建立这个故事的戏剧性，那还不如干脆拍一部纪录片呢！

这就是编剧或者制作老板自我沉迷的结果。

抢红不抢绿

这个小标题说的内容与写作的技术技巧没啥关系，但是对于活在当下这个浮躁的环境中的编剧们来讲，我想会有所帮助。

北京出租车司机有句俚语叫"抢红不抢绿",说的是,开车快到路口时,如果看见的是红灯,就紧加把油赶两步,那么到了灯底下的时候正好变绿灯了,你就可以开过去了。

这对于编剧朋友在选择创作题材上应该有所启迪。

中国是一个电视剧生产大国,每年上百部剧产出,远远地供大于求。但是这些剧的故事大多雷同,一说抓特务的好卖钱就都去抓特务,一说打日本就都是打日本,一说搞对象就都是搞对象。往前捯,"抓特务、打日本、搞对象"这三大类题材霸占了荧幕数年之久。这种现象源于电视台购片部门的狭隘与短视,是资本运作的恶果。它极大地制约了创作者的思路,造成片种的单调,以至于今天的电视剧品质严重下滑。

创造型的编剧一定要坚持自己的定力——"写出你的热情、你的激动来"。

不要听经纪人的建议,也不要听朋友的建议,他们会告诉你,现在市场上缺什么什么题材,制片厂正在寻找某种剧本,某个演员正在寻找某种剧本。为了追逐这些建议,你会年复一年地浪费掉许多时间。

穿越剧风靡一时,一纸"禁令"下来,瞎了吧?鬼怪故事甚嚣于网络,不到一年,没了吧?"小鲜肉""颜值剧"霸占电视屏幕五六年之久，现在大家审美疲劳了吧？

一个有情愫的编剧不要跟着起哄架秧子，要往前看。

写万人心中所有，写万人笔下所无

有一个好故事核、一个新颖的主题还不够，你未必能做出一个好故事来。这就像一个心地善良的女孩，可是长得不好看，塌鼻梁，疤痢眼，搞对象肯定受挫，遭人拒绝。我这个比喻不合适，不好意思，大家正确理解就行了。

所以说，光掌握了技术，没有插上艺术的翅膀，你还是飞不起来，飞起来没多远也摔死。

下边我要谈的就不是技术性的问题了。能不能写好，这要看作者自身的文学功底、生活阅历、艺术修养等方面的综合素质了。

举个例子，有家影视集团，筹备了一部戏马上就要开拍，导演、演员都到位了，主演是斯琴高娃，好演员，导演是好导演。故事是讲一个女大学生放假回家探亲，半途失踪，被传销组织绑架了，政府和公安部门一时束手无策，于是街道办事处主任就深入虎穴，冒着失去自由和人身安全的危险主动地打入传销组织内部，终于营救回来那个女大学生并捣毁了那个传销组织。好题材，好故事，好导演，好演员，正能量，"四好加一正"应该没问题了吧？可是该集团领导和责编一直对剧本有种说不清道不明的担心，总觉得哪里有点问题，迟迟下不了决心开机，最后集团领导说，还是请史老师来给看一遍吧。于是责编就找到了我，硬是掐着我看了前五集。我一看，故事写得挺顺，层次逻辑都很清楚，那问题出在哪了呢？我琢磨半天，给他们回了一句："除了不好看，没别的毛病！"集团领导看了，顿悟症结所在，下令缓拍，修改剧本。

我回的这句"除了不好看，没别的毛病！"好像有点不负责任。咱们先说"没别的毛病"，就是剧本写得通顺流畅，起承转合做得都很规矩，人物关系不乱，换句话说，技术没问题。那为什么"不好看"了呢？故事简单，情节落套。

写故事讲究一波三折、三翻四抖，而这故事每一集只是一波一折、一翻一抖，简单了，或者是作者偷懒了，或者是作者没招儿了。每集的戏就推起过一个高潮，让观众看了很不解渴、不过瘾，因此也就不好看了。

情节落套，这是最重要的毛病，剧中所设计的桥段都"似曾相识"，没新意，这就是艺术的问题了。达到艺术与技术的统一，就是好剧本。

前边说过，世界上自从出了莎士比亚之后，所有的故事都叫他给讲完了，每拔高一点、出新一点都非常困难。张艺谋拍的《十面埋伏》里，有一场章子怡在湖面上挥着宝剑蜻蜓点水般地一跃而过……的戏。电影里武打时的配音一般都是"哼，哈，嘿！"，他在这里改用了京剧里旦角吊嗓子时尖声的唱白声，"咿咿咿——呀啊啊——"。就因为这一点点的变化也是进步，在接受电视台采访时，他一谈到这点就笑靥如花。

写作故事时也一样，有一点点的出新就是好的，就是可喜的，就是进步的。

创作扣人心弦情节的冲动来源于对生活的犀利观察、对时代的高度敏感。

写故事，你要先感动，然后再感动剧作中的人物，剧作中的人物再感动观众。你心不动，老师教你的技巧都没用。反之，剧本中的人物，只有你感动了，他才会感动，就这样才能一层一层地感动。

写电视剧时，每一集如果没有让你感动、让你眼眶发涩的地方，你就挂挂笔吧。

细节的真实方能构成整体的真实

我经常对孩子们说，写到细节的时候是编剧心情愉悦的时候，是自己跟自己较劲的时候，在前边我举过这样的例子。

姜文拍《鬼子来了》的时候，就对其细节要求得非常严格。

我写完第一稿后要电传到日本大映公司，准备让日本电影方面的人士"提提意见"。他一再叮嘱我剧本千万不能出错，日本人专门挑这些毛病跟你磨叽个没完，我也是小心翼翼的。未承想，果然，发出剧本后没几天日本方面就返回消息，意见一个字没提，先问剧本中的"38场"和"38场戏"是什么意思。我一看，原来我编重复了场号，弄出了两个38场。其实这并不影响通读剧本，真算是领教了日本人的"认真"。我全无指责日本人挑剔的意思，而且我也认为他们不是故意的。我更多的是自责。姜文没有责难我，只是说了一句让我一直记忆犹新的话：要想打败日本人，就得比日本人还认真。后来每每与朋友闲谈起中日关系的时候，我总说起这句话：要想比日本人还认真，就得向日本人学习。

往日本大使馆里扔砖头没用。

写作期间看了大量的资料片，有一个细节让人不解：老电影中日本兵的服装颜色怎么不一样啊？帽子颜色很重，跟衣服不是一个色。琢磨了半天,姜文弄明白了,原来老电影都是黑白片,电影里的日本兵戴的是呢子帽子,衣服是布的,黑白影像还原出来,呢子就比布料颜色深喽。再有日本军装大多下襟都短,袖口短到手腕上边,当时认为是日本国内资源匮乏,节约布料而已,其实不然,日本军装短得有道理,行动起来利索。他们胸口左右交叉的皮带都快勒到脖子底下了,挎着的手枪、地图囊、水壶、挎包几乎都吊在腰眼上,这样跑起来不打屁股。姜文对这些的要求近乎苛刻。日本士官领章是一等一颗星,二等两颗星,三等三颗星。从一等升到三等得一颗星一颗星地"补位"。那么一等士官的星钉在领章上的什么位置呢?中间?错!一等的时候,这颗星要钉在领章的前边,升一级往后补一颗。要开拍的时候,服装师将一颗星钉在领章中间,一般人可能都会这样做,钉中间端正。姜文怒了,喊来制片主任,给这人结账:走人!他容不得半点马虎。

在日本期间,听取日本东映公司的一位拍摄战争片的老导演对剧本的意见,可惜这位老导演因为身体原因未能与我们见面。他准备了详细的意见稿,委托他的一位学生代之传达。我看到这个"学生"也六十开外了,可见那位老导演真的是动弹不得了。那位"学生"传达得很认真,老导演提出的意见也很细致。我第一次去日本，而且是带着很深的"成见"去见他的，本来以为可能为剧本内容会触发一场争辩，其实没有。对于剧本中日本兵杀光全村村民的情节，他没有提出异议。我对这些有点不解，难道他们看姜文是腕儿，客气？说一套做一套？于是，我特地挑逗，提到了这一点，那位"学生"道，老师说了，日本兵在中国杀人了这是事实，杀人了就要道歉，不管是杀了6万，还是30万，杀人了就要道歉。这种说法没有出乎我的意料，日本有反战的左派嘛。只是在日本还存在着这样一种说法，不否认南京大屠杀，但是认为没有杀30万人，只杀了五六万，这种说法很普遍。至于这位老导演是不是这个意思，就不得而知了。

但对于他表示都应该道歉的说法，我心理上还能接受。

老先生对剧本中关于日本兵的描写提出了许多详细的意见，如在日本军队中，官兵之间不是称呼这"君"那"君"的，"山田君""小野君"，没有这样的称呼。我问，那士兵之间呢？不是当官的怎么称呼呢？这位老先生的学生告诉我，那时日本是个军国主义国家，一般的孩子很早就上了军校，他就是十二岁上的军校，只是没毕业日本就投降了。日本军队施行的是军衔制，一入伍就从列兵做起，相互之间就称呼"山男上等兵""小野下士"等等。

日本招兵入伍的机制跟中国不一样，中国各省招上来的兵一律打散重新编制，怕你们结为"乡党"不听班长的话。日本则是把从某个地方招来的兵都编到一起，如东京入伍的就编为"东京师团"，也就是第一师团，最没战斗力的一个师团。从山形地区招来的兵，就编为山形师团，是最野蛮的一支部队。闲聊中，几个日本朋友也嘲笑这支部队，因为这些兵来自日本边远的闭塞山区，五短身材，是典型的"小日本鬼子"。

这些细节后来对呈现出来的电影的品质起了很大的作用。

日本军队的士兵在战场上无故脱离部队二十四小时就要被送上军事法庭。《鬼子来了》中的花屋小三郎就是这样的一个人物，被抗日武装抓走，丢在马大三（姜文饰）家的小山村挂甲屯待了半年。被送回部队后，他被老兵们排着队抽大嘴巴，这正是日本军队里真实的写照。再后来军官又把他押回挂甲屯，让老百姓们枪毙了他，这点不虚。至于后来日本鬼子对全村的屠杀，则是不管村民们开不开枪、打不打死花屋小三郎，结果都会是这样的，这是侵略者丧心病狂的本性所致。

《拯救大兵瑞恩》中的狙击手是给观众留下深刻印象的一个人物，影片最后，他隐蔽在一座楼房的废墟中，一枪一个地消灭街道上的敌人，最后被德军坦克一炮轰掉。要说这样的战斗没啥精彩的，可是你看这场戏的时候，总感觉这个狙击手打得很潇洒，动作怪怪的，不知不觉中你会被他反复地开枪射击、拉枪栓、退弹壳、上子弹的一系列动作吸引。仔细查看后，你才会发现，他是一个——左撇子。他左肩抵枪，左手握枪并扣扳机，可是枪栓在右边，打完一枪后，他还是用左手从枪身上面越过，去拉开右边的枪栓，退出弹壳，然后再顶上子弹，推上枪栓。一系列动作干净利落，晃得人眼花缭乱。更需注意的是，他使用的这支狙击枪的枪栓是成85度角向下弯的，这样就更构成了他动作的复杂性。

我想这一定是斯皮尔伯格有意而为之。通过这一系列的细节，提升了这个人物动作上的表演性，以加强这场戏的视觉观赏性。

左手刀、右手刀、屁股帘儿

在日本一家小旧货店里我看到了一把日本军刀，很精致的一把刀。日本刀的特点是刀柄长，可供双手握刀。姜文拿过来看了看说，这是"左手刀"。我问他什么叫"左手刀"，他说使这刀的人是个左撇子。我奇怪了，他怎么知道？

经他一番解释我才明白，这刀柄的左右面上各镶着五颗圈成一圈儿、凸出来的金属五星，刀柄左面的那团五星在刀柄的上边，刀柄右面的那团五星在刀柄的下边。这两团凸出的五星的作用是让握刀的手心不空，有抓力，不至于挥刀拼杀时脱手。刀柄左面的那团五星在上，显然握刀时左手在上，刀柄右面那团五星在下，显然握刀时右手在下，故而这把刀的主人是左撇子。

这就是细节，这样的细节创作会给你带来无穷的想象。假如你写一个追杀凶手的故事，可以根据这样的细节判断出谁是凶手。

有了这样的细节，甚至可以刺激你创作出一个新的有意思的故事来。

国外曾发生过这样一件事，一个中毒患者被送来医院，医生急于抢救，可是一时诊断不出他到底中的是什么毒，无法对症下药。这时一个小护士凑上道出，此人是钴中毒。医生很是惊讶，他们无法相信一个小护士的判断，结果一查，患者果然是钴中毒。医生好生奇怪，一个小护士怎么能准确地判断患者是钴中毒呢？小护士道，她是推理小说迷，她在克里斯蒂的一篇推理小说中看到过这样的情节描写，其中被谋杀的人的死亡情状和这个人中毒的症状一样。而克里斯蒂从前就从事过医疗工作。

这就是细节的魅力。

我们在电影里看到日本兵军帽后边总是挂着三块布片儿，有的是四块布片儿，中国老百姓管它叫"屁股帘儿"。这是干什么用的？有的说它是从日本武士服装演变过来的，有的说它是野外作战时趴在草丛里防止小虫叮咬，护脖子用的。姜文为此刨根问底，日本大映公司的田中先生给出解释：就是扇风用的。至于是怎么挂在帽子上的，我们在那家小旧货店也找到了答案：那三块布上有几个小挂钩，帽子后沿儿边上有几个襻儿而已。

这位大映公司的田中先生很有故事，他参加过解放军，新奇吧？他原是日本关东军的子弟，十六岁那年，日本投降，父母不知了去向，他被国民党军队抓了壮丁，不久国民党军队被共产党打散，他就成了"解放战士"，参加了解放军。1949年以后，有一次，他嘴馋，买只大麻花吃。麻花很脆，咬一口，崩到地上一块。队长看见，命令他捡起来吃喽，他犟，一脚把掉地上的那块麻花踢飞了，顺理成章，他就成"右派"了。20世纪60年代初，他回到了日本，中国改革开放后，他又来中国寻找他当年失散的妹妹，在众多人的帮助下还真找到了，此时的妹妹已经嫁给了东北人，有家有业有大儿大女。不想，妹妹不愿意回日本，她现在已经完全是一口大碴子话的东北人了，她离不开救她养她的东北父老乡亲。结果，儿女们不干！大儿大女们整天缠着她闹。连她那个没文化的老伴都旗帜鲜明地表示——去日本。没办法，妹妹一家十几口就这样到了日本。

对于《鬼子来了》这个故事，田中态度很严谨，可能他在中国生活时经历了太多的波折，所以一直很小心，从不多说一句。

几个日本年轻人偶然来我家做客，无意中聊起《鬼子来了》，他们说该片当年在日本公映（在中国没能公映），票房排名第五。关于中日两国对此片在意识形态上的认识差异，我也懒得和他们理论，估计也理论不出什么来。但是有一点，这帮孩子一致认为片子太真实了，其中一女孩感慨地说，看过这部电影，知道了他们祖辈（这些孩子应该是侵华日军孩子辈的）在那个年代是怎么生活的……

我觉得这就够了，这就是电影细节的真实构成了整体的真实。

而这种真实可以感动一切，教化一切！

《西藏》是美国人多年前拍过的一部反华影片，这部片子的反动内容且不说，光看它的服装道具就令人喷饭、吐槽了。它描写解放军1950年进军西藏，穿着是前几年武装警察草绿色、袖口带着一圈黄道儿的制服，头戴大壳帽，一下飞机便气势汹汹、左一脚右一脚地将西藏喇嘛们送上来的花篮踢飞……中国报纸曾有公开的批判文章。

掉头说咱们这几年拍的抗战"神剧""雷剧"，也不合常理。从裤裆里往外掏手榴弹；"一箭穿喉"三个日本兵；一颗手榴弹扔上山顶，乱石穿空砸下了日本飞机；一挥马戏团训猴的鞭子就抽死十几个日本兵……穿着美国海军陆战队的军靴，披着魔术师的黑斗篷，戴着迈克尔·杰克逊的露指手套，端着从来没有在中国战场上出现过的带高精度瞄准器的狙击步枪，这是中国抗日英雄的形象？连一支小小的游击队都使一水儿的英国1941年才制造出来的斯登冲锋枪和美国1943年才制造出来的M3冲锋枪。影视剧里的抗日武装端着比日本"歪把子"先进不知多少倍、"令日本兵闻风丧胆"的捷克机枪，射速每分钟500发，而日本的"歪把子"每分钟很难达到150发；而且我方还有打不完的子弹。

这么棒的装备，打日本打了14年？中国人笨啊？傻啊？真让3500万在抗日战争中伤亡的苦难同胞和抗日英灵——别扭！

宁脏不净，宁方不圆

我最怕写得很通顺但是没有激情的作者了。我在几家影视公司担任过策划和文学总监，老板总是把一大堆他认为完整的东西拿给我看，而我则更愿意在被他忽略的稿子里寻找刺激我眼球的东西，因为只有刺激，才会产生灵感，才会出好东西、好故事。尽管这些东西不完整，还团不起个儿来，但当你有了激情之后，你就会把那个塌鼻梁、疤瘌眼的女孩写成大众情人了。

铁凝有篇小说《永远有多远》，拿了鲁迅文学奖的。她那小说里的主人公就是个貌不惊人的女孩，叫白大省。你听这名字就不可爱，小说中这样描写她：腰有点粗，屁股还有点下坠。可是小说通篇读下来，读者无不为她的无华平凡感染。

行文通顺流畅，但没有激情的孩子，一般带不出来，成不了优秀的编剧；而激情四溢的孩子，通过掌握写作技巧，会成为大家的。

技术是可以学的、可以掌握的，而艺术是需要悟性的，有的人可能悟一辈子。

那么怎样才能把故事写好玩好看了呢？也就是怎么才能悟出来呢？我组织不起来有效的语言讲清这个问题，这对我有点难。大学里云集了那么多专家教授，教授了四年都没能把98%的学生教明白，指着我在这里三言两语就讲清楚了，我没这个能耐。

我还是举例，比较着来说，大家领会吧。

演员杨立新跟我讲过一个故事，他在街上看到一个父亲带着儿子，一不小心，淘气的儿子冲到马路上，险些被汽车撞到。当过路的群众把那个淘气的孩子从汽车轮子边上拽到他父亲身边的时候，你们能想到此时的父亲是什么样的表现吗？这个惊魂未定的父亲抡圆巴掌狠狠地在孩子后脑勺上"啪啪"抽得山响……这个故事，他反复给我讲过几次。谁能说这不是爱？

这恰恰是作者们应该寻找的与众不同的表现形式。

有位大师说过，第一个把女人形容成花的是天才，第二个把女人形容成花的就是蠢材了。

二十年前，公安部金盾影视文化中心拍过一部缉毒题材的纪实性长篇电视剧，其中一集讲述，一位年轻的武警小战士牺牲了，部队给他开了一个追悼会，在肃穆的哀乐中，全体武警官兵围着小战士的遗体泪流满面。这时，这个小战士的母亲进来了，你猜想此时此刻的母亲是什么样子的反应？如果让你来描写，你会怎么写这个农村小老太太的表现呢？这位小战士的母亲与在场所有官兵的表现截然不同，她没有眼泪，被领导搀扶着走进会场，上前一步，一把揭开盖在儿子身上的布单儿，薅起儿子的脖领子，噼里啪啦地对着死去的儿子就是一顿耳光。她扯着嗓子骂:"你不是东西,谁让你先走了,家里还有那么多的事谁来照应……你不孝!"

我几次看着那个场景,看着那农村的小老太太一巴掌一巴掌地抽打着死去的儿子,我的心就抽搐……

特别提醒大家,我在这里举例不是在说明如何处理细节的问题,我是在讲解如何使你的故事写得好看,写得与众不同。大家要宏观地、举一反三地、触类旁通地理解我讲这些故事的用意。

我在创作电视剧《无悔追踪》的时候,有过一段尝试,也不能叫尝试,那时完全是无意识的,之所以较劲也是性格使然。

在创作了大约十集的时候,写到"文化大革命"起来了。当时大多数剧本在描写"文化大革命"起来的时候,不外乎都是写锣鼓喧天、红旗招展、革命歌曲震天响。我就不满意这样的写法,可是怎么才能写得有意思呢?犯难了,当时我还给一位写小说的朋友打电话,与她商讨。她说,你是不是可以用家中换照片的形式来表现呢?那时普通老百姓家的墙上都挂着几个镜框子,里面大大小小镶满了全家人的照片。她讲,到了"文化大革命"的时候,照片里的人换上了有时代特色的装扮,表现一个时代的变迁不是挺有意思吗?也是,过去的老照片里,人们大都穿大褂呀、西服之类的,到"文化大革命"时,便不分男女老少一律一身绿，要不一身蓝，不管多大岁数还顶着个绿军帽，捧着"红宝书"，再摆个冲锋陷阵的姿势。可我还感觉不足；再一个，如果用照片的形式表现年代变迁，我前边的若干集里就得铺垫这张照片，显然，我不愿再改动前边了。那可是我在稿纸上用钢笔水爬格子爬出来的。

为此，我耽误了一个晚上和第二天一个半天的时间，抽烟、转圈，憋了近一天。最后，我是这样写的：

中午耀眼的阳光将静悄悄的胡同里黑压压的瓦房晃成白花花的一片，远处一阵急驶的"嘎嘎啦啦"的三轮声。车子李（车夫）蹬着三轮连蹿带蹦地驶来，大脸盘子（车夫老婆）盘腿坐在车上，紧着用手胡噜着在卡巴裆中间叽里咕噜乱滚的一大堆茄子。

三轮路过包大爷的剃头棚子，大脸盘子高叫："包大爷，快点买菜去吧菜站来菜了！有豇豆茄子西红柿千万别买那豇豆豇豆里面有腻虫，我叫张婶他们家臭儿给你在那站着个儿呢，快点去吧去晚了就没菜了人家今天下班早说是要去砸北京市委去！"

"那新市委不是刚成立没两天，怎么又要砸去呀？！"

"知不道，说是穿新鞋走老路又犯错误啦！"

· 写 / 好 / 剧 / 本

三轮拖着大脸盘子的叫喊声驶过剃头棚子，驶过15号院，拐进了曲里拐弯的土唐刀胡同。

短短几句，就把当时老百姓的朴素生活和社会背景紧紧地咬住，让人们深深感到一群为了吃喝拉撒的小老百姓，面临着一场谁也无法逃脱的灾难。

在处理大脸盘子的这段台词时，我有意地去掉了标点，使气氛更急迫。

在这个过场戏里，完成了四个戏剧任务：一、快速地切入了历史背景——北京市委换人了，表现出"文化大革命"开始时大气氛的混乱；二、"菜站来菜了"，反映出那个年代人们的生活方式，刻画了那个年代的生活质感；三、反映了老百姓对政治运动的无知和无奈；四、最后一行，车子李蹬着三轮拉着媳妇驶过了包大爷的剃头棚子和15号院，拐进了土唐刀胡同，这是故事最主要的两个场景。在这两个场景中，活跃着剧中所有主要的人物，覆盖着故事发生地区的气氛，意味着，这一场"触及每一个人灵魂的'大革命'"，不知将会给何人带来何等的灾难……

我再强调一下，在这节里举的这几个例子，不要听成我是在讲细节的设计问题，我是在强调你设计一个故事的好看性和与众不同的整体问题!

从这点也可以看出,编剧是聪明人干的活儿,笨人干不了,可是编剧又是一个聪明人下笨功夫的活儿。何谓"笨功夫"?"功夫"一词的又一解释就是耗费的时间嘛。我在电视里看到对莫言的一个采访,他说,写出好东西来,需要烟、酒和时间。

一个专业写作的孩子,在我给海润当策划时就跟我讲,如果我们像您一样地写戏,哪怕花半天的时间去解一个扣儿,都是奢侈,是浪费生命……我理解现代生活给这帮孩子的生活压力,他们要交房租、交电话费,要吃饭,要几人经常浪漫小聚一餐,还要带着不靠谱的女朋友喝喝咖啡、泡泡酒吧。

但千言万语一句话,打铁还需自身硬!

有人能干有人能混,能干的不如能混的繁华,能混的不如能干的长久。这是普遍的道理,但对编剧来说,能混,一毛钱用都没有。善于交际,认识的人很多,那都没用。活儿混来了,写不出来它还是白纸。有逮谁跟谁攀、要电话要微信的工夫儿,不如好好琢磨琢磨你的玩意儿。天天陪酒赔笑拉关系哥长老师短献媚巴结,那不是编剧该干的事。能写出好剧本,人家自然踏破门槛儿。

英国作家毛姆说过这样一句话,艺术家就得过着贼一样的生活，有时候比贼还要贫困。

一个编剧还是要有些风骨。

一天两天就写一集的戏绝对不是精品，连成品都不是。

近年来电视剧水平下降，我无意责备这些疲于奔命的孩子，有一个现象从侧面似乎更能说明问题。一个非常有天分的小兄弟写了一个故事，题材非常新颖，我鼓励他一定要把这个故事写好，并把这个故事推荐给了中影集团。集团领导看过后很认同，一再叮嘱我帮助他们把这个题材抓好。我带着他反复地推敲梗概，有一天他来找我说，史老师，我把这个剧本卖了。我感到有点意外。他非常诚恳地说，您给我提的建议，我认为都对，我都认同，可是您知道，现在傻二导演和傻二老板非常多，我蒙他们都蒙不过来。他是一个幽默的人，话说得认真，我给你们讲的几乎是原话。没过两年，这小兄弟买了房子车子，娶了妻子生了孩子。

几句跑题的话

说到这儿，不能不说说我们的制片人了。中国电视剧经历了几代人的努力，达到过一个辉煌的顶峰。中国的电视剧一度走在中国的电影前面。近年来电视剧质量急剧下滑，这与制片人有极大的关系。打个比方，一家影视制作单位好比一个产品的生产单位，产品在市场上销售不好了怎么办？改进产品质量和品种花色来满足市场需求呗，这个任务谁来完成呢？当然是这个生产单位技术科的技术员和工程师了。可是现在的制作老板急功近利，他不是找技术员、工程师来解决改进产品质量和品种花色的问题，而是靠供销科来完成这个任务。于是根本不懂设计、不懂技术的销售员，进行所谓的市场调研之后，回来报告说现在市场上旅游鞋好卖，于是大家就都生产旅游鞋，说现在七分裤好卖，于是大家都去生产七分裤。由此造成了电视剧市场"跟风"至上、起哄至上，致使我们的电视剧越做越狭隘，越做越烂。

供销科领导了技术科，这帮供销科的，在这个行业里叫——发行。

电视台里也有个供销科，有的叫购片部，有的叫精品采购部。一部电视剧投资3000万，演员拿走2900万，用剩下的100万拍30集的现象就是他们造成的。这帮业务员（他们实在不能被称为创作人员，叫业务员最合适）张口就问，谁演的？谁导的？就是不问谁写的。一问二问，就把演员的酬金问成天价了。

再有公司策划，过去叫责编，现在叫策划。这是一帮基本是专业对口，可是基本没有专业基础的"美女群体"，除了养眼，对公司剧本的推进起不到啥作用。由于她们刚刚离开学校，没有写作经验，因此对剧本的好坏没有基本的判断，而能有基本判断的，那将是编剧的灾难。这些被扭曲了的现状是中国影视发展繁荣的大敌。

好戏要收半分

好戏要收着写。一次与导演路学长聊起这个话题，本想会挑起争论，不想他十分赞同，而且提出，好戏要收一分。我与他就收半分还是收一分倒是争了半天。

不管是收半分，还是收一分，要达到的艺术效果是一致的，那就是好戏要做到恰到好处。就像做菜放盐一样，少则无味、多则齁人（或者叫洒狗血）。

我在一部电视剧中，写了这样的一段情节。

一个性格懦弱的老师，他妻子欠了人家的高利贷，催债的痞子天天堵到家里要债。万般无奈下，他决定拼死一搏，买了一把大菜刀，回到家，见到那个还赖在家里的痞子，从怀里抽出菜刀，"咣"地剁在桌上，把袖子一捋，"啪"地把手掌拍在桌上，道："今天，你就砍上我几刀，如果你砍出钱来你就拿走，如果只见血不见钱，那以后你就躲我远远的，我再也不想见到你！"

痞子过来拔下剁在桌上的菜刀："成！跟我玩这套？今天我不给你点颜色看看,你是不知道我是个站着躺着一般长的主儿！"说罢,他手起刀落"咔嚓"一刀剁了下去——细雨点样的血水喷溅到那个老师的脸上,他捂着被血水染红的手掌痛苦地蜷缩到桌下。

"冲你也是条汉子,再给你半个月的期限,就半个月。到时候再见不到钱,下一刀我可就不知道剁在哪了！"痞子说罢摔门走了。

那老师紧握手掌,咬紧牙关,抬头看看桌上蠕动在血泊中的一截断指,脸色顿时苍白。忽然,他看看握着的拳头,慢慢松开,却发现——自己的手指完好无缺。

这本是一场中的一段小噱头,戏到此为止,给观众留下回味的余地。

开拍前,请来的一个导演发挥想象,硬加上这样的镜头：从窗口蹿进一猫来,"喵"的一声叼走了那节还在桌子上蠕动的手指。

显然是狗尾续貂了,他破坏和分散了观众的回味及回味后的会心。

马三立有个著名的单口相声小段,说一个浑身瘙痒难挨的病人求医问药，老大夫给他开一个方子，纸儿包纸儿裹地让其带走。病人路上忍耐不住，打开纸儿包纸儿裹的方子一看，上只有俩字——挠挠。段子说到这儿戛然而止。马三立再没一句多余的话，片刻，听众捧腹。这个"片刻"就是给听众留下的回味的余地。这就像吃一份美味佳肴时，在口腔里咀嚼、品尝、享受的过程。而狗尾续貂，就等于开腔破肚，直接将美味灌进了肚子里，剥夺了观众（听众）的"片刻"，也就等于剥夺了观众（听众）咀嚼、品尝、享受的过程。

好戏要收半分，收着写、收着导、收着演，个中韵味，很难用文字解释清楚，需仔细体验、揣摩。

从小说到剧本

从小说改编剧本是影视创作中很普通的一种操作形式。

有的小说能改，有的小说不能改，有的小说不好改。

张平、海岩的小说可以说是专门为了影视产品的再加工而创作的。作者的目的很明确，小说写出来就为再卖一道影视版权。这类小说除故事性强之外，大多情节、情绪都是以对话形式描写出来的。

铁凝的一篇非常优秀的小说《永远有多远》，改编后的电视剧就很糟糕。据说铁凝先生本人也不满意。这也难为编剧了，小说缺少大起大落的情节，也就是我们通常所说的，缺少故事性。小说中那种委婉、淡雅、抒情的美，不是影视剧所要表现的根本属性，尽管小说太优秀了。

小说可以翻着篇儿看，没看明白的，还可以翻回去看。电影就不行了。"交叉蒙太奇""平行蒙太奇"这些电影的特殊手法，可以让观众在很短的时间内，把跨越时空（甚至几十年）的事情看得明明白白。

从小说改编剧本的基础就是得有一个故事核、一个好的故事构思。

《鬼子来了》是根据小说《生存》改编的。姜文当初叫我和他一起写剧本的时候，不让我看原小说，这也是他的用心之处。他是要往死里挤对编剧。

他在电话里，先简短地给我讲了一个故事：抗战时期，有一个村子，不知被什么人抓来的俩鬼子给扔村里了，后来一直没人来取。村里人饿急了，拿这俩鬼子换粮食了。结果，全村人叫鬼子兵给杀了。

严格地说，这就是戏核。

接着他又连说带表演地给我讲了一段段好玩好看的情节，讲得非常细致，这就叫"彩儿"。有"核"，有"彩儿"，剧本就这样完成了。

完成后的剧本离原小说相距甚远。

拍成的片子离最初的剧本就更远。

这就是腕儿的魅力，不管是导演，还是演员，只要您是腕儿，就可以改戏、改台词、改剧本。谁的"腕儿"大，就听谁的。

不过姜文是绝顶聪明的，他喜欢看书（看书本来是一件普通的事，可是在演员堆儿里实属难得，知道狄更斯是干什么的中国演员不多）。他看书很认真，应该说是较真儿，书里有个错字，他都得标出来。如果你看了一本书就云山雾罩地瞎侃，那完了，他会追在你屁股后头引经据典地跟你辩个没完。所以，他在把握整体故事、处理具体细节、丰富台词方面堪称一绝。

我由衷地说："姜文是中国的电影英雄。"这话是多年前说的。现在是英雄辈出的时代了，在座的不知道哪天就成腕儿了。

方军的纪实小说《我认识的鬼子兵》轰动全国，一时成为热门畅销书，曾获得相关文化机构颁发的"中国图书奖""优秀图书奖"，在港澳地区被列为中小学生爱国必读书，在日本当年的畅销书榜上排名第七。

但改成电影剧本让人有些为难，因小说缺少传统意义上电影的起承、转折、矛盾、误会、巧合、冲突等基本要素。而把书中有意思的情节和鲜活的人物组织成一个有起承转合的故事，对剧本来说至关重要。

小说中写到的日本老兵活灵活现。跃然纸上的人物与我从小受的教育中的"日本鬼子"截然不同。这些在中国犯下滔天罪行的日本兵，如今都老了。他们骨子里到底想的是什么，不得而知。

书中插图里有一张照片是我在国内多次看过的，可是之前却没有看到任何说明。我是第一次在这本书里得知，被扒光衣服、砍掉脑袋的是中国河北省阜平县罗峪村妇救会主任刘耀梅，而且她身上的肉被日本兵割下来包饺子吃了。

另一张照片中的是东北抗日联军第一军军长杨靖宇。杨将军被俘牺牲后被日本人戳在担架上簇拥着，此时此刻的他不能用"大义凛然"这样的字眼来形容。遗体已经严重变形，样子有些可怕。但是每一个中国人看到后都会肃然起敬，就连照片上站在杨将军遗体边上的日本兵都不敢放肆。

还有一张是一个日本老兵在街头拉着手风琴乞讨的照片，他脚下放着一个纸箱，上边写着"为平和战伤"。这从另一个角度说明了这些老兵的心态。

"平和"在日语里是"和平"的意思。一个朋友帮我校稿子的时候，她还把"平和"标出来，以为我写颠倒了。

日本这个国家一度很自大，张口闭口都是"大日本帝国""大日本皇军""大东亚共荣圈"，尽管它只是个弹丸小国。他们把"和平"称作"平和"，大有先把你"平"了，再与你"和"的意思。他们管美国叫作"米国"，米是可以吃掉的；管俄国叫"露国"，说你只是一滴露水，大日本是"日不落之国"，太阳一出来，露水就完了。

这些图片资料大多是过去国内没有见过的。

令人悲哀的是，许多我们的同胞受苦受难的照片，却只能从日本那里看到。

我和姜文去日本为《鬼子来了》一片选演员的时候，到过东京一家小旧军服店。一进门，吓一跳，工作间里大案子上架着一挺大正三年（1914年）的6.5毫米口径三脚架重机关枪。小店里"二战"时期的枪械样式一应俱全，只不过把金属枪栓的一部分换成塑料的就可以出售了。店主是一位老人，我们无从得知他是不是到中国打过仗。因为只要是这个年龄的男人，除了有特殊技能的外，都应该出国作战的。想从他嘴里问出什么来根本不可能，从他跟姜文揪着一顶"开屁战斗帽儿"讨价还价的劲头儿上，看得出这是一位固执的老人。最后姜文花了不少钱（约合人民币3000元）才买下这顶军帽。

姜文是个军帽收藏家，他存的世界各国的军帽不下百顶。他对服装也特别有研究，哪该掐腰，哪该垫肩，能讲得头头是道。如果当初没做成演员的话，他一定是个好裁缝。

小店的老板不时收到外人送来的旧军装，他仔细地查看着军装的布料，有的已经很烂了，他还是花钱收了下来。我有些不解，他对我们的翻译修建说："衣服外面烂了，可衣服里子上边的部队番号的大印还在。可以把这衣服里子拆下来，换上好一点的面子，就可以改造成一件有着历史印记的旧军装了。"

如果把这位老人的行为说成"复活军国主义"，显然言过其实。他不过是在维持生计。听他介绍店里的用品时，看不出他对当年身穿这些军装、手持杀人武器的日本军人有什么怀念。这也许就是大多数日本老兵的心态吧。

这个旧军服店老人的形象，我将其处理成片中"下条"这个人物了。

《东条英机》是日本20世纪90年代初拍的一部电影，引起了东南亚国家的一片抗议，我们国家没有正面回应，只是在报纸上转载了东南亚国家的抗议文章。这部片子拍得很臭，艺术质量也很低下。影院上座率很低，稀稀拉拉的没几个人。我在日本看着看着都睡着了。散场的时候，一位日本老人突然走到我们面前，深深地给我们鞠了一躬，我们很惊愕。修建说，他是听见我们说中国话了，特地谢罪的。这样的老人使我们很感动。

这几位老人的形象激活了我的剧本中大桥彦、西谷正文、下条庄六这几个人物。

从小说到剧本是一个深入演变的过程，这个过程是一个再创作的过程，一个痛苦的过程。

有的小说改编成剧本则需要编剧"剜肉贴补"。

从小说到剧本的改编，最好的学习方式就是认真地看看原小说，再看看改编后的作品，如看看张策的小说《无悔追踪》，再看看改编后的电视剧；看看老舍的小说《我这一辈子》，再看看马军骧老师改编后的电视剧。

现在的小说大多不好看了。一位写小说的朋友告诉我，小说写到无情节，乃进入了最高境界。我有点懵：无情节？那不成"千字文"了？

无情节还好说，可是现在的小说越写越不正经了，开始还按着一二三四五六的情节段写，后来写着写着就不正常了，只写一三五，不写二四六，支离破碎，让人似丈二和尚——摸不到头脑。这类小说无法改成剧本。

前面提到有一个叫麦基的，其实我一直不知道这是个什么人，总觉得和肯德基有什么关系。心想，美国这个国家邪性，总统里根过去不就是电影演员嘛，那个叫什么施瓦辛格的，挺著名的演员，不也竞选成州长了嘛。既然圈里人总提"麦基、麦基"的，我就想，难道真的是肯德基集团出来的一个影视大亨？为了写这个稿子，也是为了今天讲课，我打电话问我的一个学生，麦基是怎么回事。这才知道人家是一位伟大的电影编剧。那个学生在微信里给我大概地讲了一下麦基理论，我听了听，讲得没错，挺好。我觉得和我讲的比较，也没什么新鲜的。我没看过他的书，不过我想人家讲的肯定比我讲的更系统、准确，更富逻辑性，层次更清晰。

有的人可能会质疑，说您弄了这一个拙劣的段子逗我们玩儿呢吧？我认真地回答你，我说的是真的，我打电话问过的那个学生，今天就坐在现场。不信，散场了你们可以去问他。

我讲了这些，还是强调理论和技术不是最重要的。麦基的书，你愿意，有那闲钱，有那工夫，买一本来看看也行。可是你要是抱着他的书不放，那你成不了编剧，你可能成为一位教编剧课的老师。

有的人总拿美国的意识形态下产出的电影，和我们产出的电影作品相比，我告诉你——这不具备可比性！

中国人不比美国人差，中国就是不缺艺术家！

我讲的这些，对有些人来说就是一层窗户纸，一戳就破，可是对有些人来说，终生都是铜墙铁壁。

我讲得也许不明白，你听了也许云里雾里，但经过努力你还不能成为一个相对完整的编剧，那就别怪我了，要怪就怪老天爷没赏你这碗饭吃。

结 语

我从来没有当编剧的理想,也没有这方面的欲望,阴错阳差地就蹚了编剧这道浑水,这之前和之后我没看过一本关于怎么写作的书,也没有听过一节关于写作的课。出了小名之后得意是有的,也臭显摆过,可是没努力过。这可能与我出生在电影院里多少有点关系吧。小时候一写完作业就钻进场子里去看电影,可以说1949年以后到改革开放初期的电影我都看过。

我曾经一度特别想到专业院校去听听课,"专业"一下自己,因为跟别人谈剧本创作的时候,好多专业术语我都听不懂。记得一个导演评论、赞美我写的《无悔追踪》时,用到"情境"一词,我接话茬儿说,我当时是怎样怎样才写好这场戏的情景的……她纠正我说,是"情境",不是"情景"。我赶紧闭嘴了,没法接人家的话了,不懂啊!后来过了好长时间我才弄明白了什么叫"情境"。

2016年,我参加一个剧本推介会。会议期间,主办方安排了两小时请中戏的教授曲士飞给部分作者讲讲创作。我去听课,曲教授非要轰我出去,说我不怀好意,要砸场子。课后,我对他说,我说一句话你信吗?他说,我信,你不是说瞎话的人。我告诉他,听了你的课,我第一次知道了什么是"三一律"。我这不是卖乖,我只是想,一是鼓励那些没有上过专业院校、仍在孜孜不倦勤奋写作的小同学们;二是不要太拿理论书籍和我讲的这些当回事。

艺术不是教出来的,是悟出来的。

能进专业院校学习是一件非常幸福的事。那么多专家教授手把手地教你四年,你出来了还写不了东西,可不能说是老师教得不好,说你笨你肯定不爱听,只能说你不是这块材料。全国那么多大专院校,是个院校就办艺术系,是个艺术系就开影视专业,是个影视专业就有戏剧文学系或者编剧班,那教出来的学生要是个顶个儿的,那还得了。光北电、中戏、中传每年出的编剧就够全国影视剧创作用不完的了。

所以又要说天赋重要。

谁也不能否认沾艺术边儿的都需要一些天赋。比如莫扎特，四岁学习弹琴并很快开始作曲，六岁随父亲巡回演出，没活过四十岁却写出了流芳百世的经典。你能说他有过什么系统学习，读了音乐学院蒙谁指教了么？没有吧。

这就是老天爷赏饭，谁也没办法。

怎么莫扎特邻居二哥家的孩子就没成了音乐家呢？老天爷给我们每个人都安排了一碗饭，我经常对学生们说，就我这样的，你把我送音乐学院去，让世界三大男高音教我二十年，我也成不了歌唱家，连KTV包间我都进不去。因为我没这个天赋。

你看了我写的这本书，你就能当编剧了，那电影学院就该关张了。

书里讲的这些创作技巧，就好比一个盖房子的工人熟记的砌大墙口诀，但是你是把墙砌成"三跑一丁"还是"两跑一丁"，这就有讲究了。过去老北京有一种手艺人会砌"核桃核儿"，就是专门用碎砖头，夸张地说是用核桃核儿大小的碎砖头砌起大墙来。这些只是技术，关键是你要把墙砌得好看，砌得结实。是"五进五出"，还是"五进四出"，这就是艺术了。

为了整理这个稿子，我赶紧翻了翻一些讲怎么写剧本的书，也看了看网上关于这方面的贴吧。中国人写的、外国人写的，讲怎么写剧本的文章和书还真多。人家讲得真好，再一琢磨，其实把一个问题说清楚很简单，道理都一样。比方讲一加一等于二，有的人拿两个手指头示例，有的人拿两个苹果示例，一个加一个都等于两个。可有的人偏不这么讲，他非得跟你从0.2加0.8加0.4加0.6这么讲，把你绕晕了算。至于一些专用名词更是五花八门，什么情节点、拐点、节点、反转、逆转、情境、情景……最近影视界又流行一个新词"孵化"——"剧本孵化器""文化产品孵化公司"，时髦！我一琢磨，这不就是"衍生""派生"的意思吗？干吗非拿母鸡怀孕产崽来说事呢？好多词其实就是一个意思，对于这些词的理解大而化之为好，不要跟这些词较劲。听宋方金在一次讲座上说，凡是发明新名词的都是骗子。我温和地"翻译"一下他的这句话：凡是一些新词的出现，大多带有唬人的成分。听着新鲜，有道理没有呢？有，肯定有，只是刚出道的孩子别被它弄晕了就成。

笔歌影视的宛冰老总邀我做一次讲座，我一直担心我所讲的不过是学前班的东西，东一榔头西一棒子的，逻辑也不甚严谨，有人听吗？

结果几个朋友看过我的讲稿，说，你讲的这些恐怕有的学生还未必听得懂。这倒出乎我的意料，心里更没底儿了。事后同学们的反响是我没想到的。一个写作的警察朋友说，听了你的讲座，我可以少摸索三年。在这之前，我也不止听一位同学跟我说，上了几年的学，跟着您练一回才明白写剧本是怎么回事了。这话听着舒坦，但我知道这话里肯定有问题。认真一琢磨，我清楚了，就是实践！在校的学生听老师授课，死记硬背，可是没有实践！所以老师讲的东西你能一套一套地背出来，就是不会应用，一写东西就瞎！再有就是机械地、教条化地应用。我碰到过这样的孩子，不止本科生，学历不低。跟这种孩子聊剧本特困难，你说不过他，从布莱希特到斯坦尼斯拉夫斯基，从古希腊的亚里士多德到新浪潮的戈达尔，从莎士比亚到麦基，他都能找出强有力的理论支撑。每每谈论到我张口结舌的情境时，我真想把他们拉出去，刨坑儿埋喽。

我想说的是，你要带着一个轻松的心态去写作，这点我们得向米卢学习，他执教中国足球队时提出一个口号——"快乐足球"！写作也是一样，让我们快乐地写作吧。你快乐起来了，就会发现你的整个状态都是自由而轻松的。写作本来就应该是个自由的事情。在这种快乐的氛围中，如能将你内心深处的渴求、焦虑、欲望、悲喜还有那么一点点龌龊的情感，以令人惊讶与喜悦的方式演绎出来，就一定是好剧本。

感谢帮助我整理稿子的朋友武然、马毅男、张弘毅、赵磊。有些道理，我说不清楚的或者怕别人听不清楚的，都要不断地请教他们，因为他们都上过专业院校。

感谢赵斌给我这本小书画了情趣盎然甚至喧宾夺主的插图。

感谢邹静之、郝戎、冯小刚、尹力几位大师给我写的小文捧场。邹老师的序和尹老师的跋，给小作点了睛。

我有一"对话"的设想，想邀请几位资深编剧、学者，咱们就当下的青年编剧的一些困惑聊一聊。感谢黄丹、邹静之、曲士飞、汪海林、全勇先几位大家，给了我很大的支持，他们的欣然应允，让这想法成了真。

最后，还要清楚地知道一件事，那就是我们做的是一个文化产业，我们自己首先应该是文化人。很难想象一个没有文化的人可以写剧本。我曾经说过一句话，编剧应该是一个摄制组里最有文化的人。电视剧终究还是个文化产业，既如此就应该最尊重文化。学会尊重编剧，对剧本（当然是好剧本）有敬畏之心，电视剧才能出精品。能达到二十年前每两年出一部载入史册的精品剧的水准，就行了。远学美国近学日韩，看看人家是怎么对待编剧的——签合同、打定金、按合同付酬。

当你把写好的剧本交给制片方和导演以后，你就祈求上帝，让他们善待你的剧本吧。

5

要把观众死死"按"在座位上，得会掌控时间，把高度浓缩的故事讲得漂亮。

7

写万人心中所有，写笔下所无。情节可别

编剧是聪明人
个中韵味，得

6

写戏讲究节奏,得"紧拉慢唱",起、转要快,承、合须缓。

8

好戏要收半分。就像做菜放盐一样,少则无味,多则齁人。马三立的相声让人受教……

万人落套。

笨功夫的活儿
细体验、揣摩

PART 2

对话大家
答青年编剧17问

写剧本并没有那么玄妙,不过是不同的遣词造句的习惯与方式。正像下面各位大师的话,或深邃如星空,深刻而智睿;或简单如晨光,温暖而明亮——无论哪种方式,他们所传达的道理都是相通的,都需要我们用心去倾听、品味、感受、学习和尊重。

对话黄丹

黄 丹

北京电影学院文学系主任,教授,博士生导师
编剧,导演,制片人

代表作品:

电影《搬迁》《鲜花》《新生万喜》《台湾往事》《我的1919》《西洋镜》等

电视剧《新七侠五义》《毛泽东三兄弟》等

· 写 / 好 / 剧 / 本

Q1：近年来，越来越多的年轻人走入编剧的行当，还有一些年轻人在"门口"徘徊。不少年轻人有这样的担忧：做编剧有没有门槛，即所谓"必备的天赋"？

黄丹："有没有门槛"在我看来其实是个伪命题。任何存在专业属性的行当势必都有门槛，这种门槛既是一种准入机制，也是一种对于非此专业人员的"排他性"，任何专业领域也正因有"排他性"才得以确立自身的独特性与必要性。但要注意，专业层面的"排他性"并不由先天禀赋所构成，但凡认为"天赋即门槛"的，其实是本末倒置了。任何人进入任何行业，都须首先习得该行业的专业规程及话语体系，这是很重要的基础。

史建全：编剧是个很奇怪的行业。它有技术的一面，年轻人进入相关的专业艺术院校学习个三四年，出来的头几年基本都能交得上房贷车贷；但同时它也有艺术的一面，要成为一流的编剧，感觉和悟性非常重要。感觉和悟性很难训练，你可以通过引导和训练得到一定的提升，但仅靠此能交清房贷车贷的就寥寥无几了。

黄丹：还是要以行业的规程与话语体系为基础，后续在行业内的发展则视乎自身的禀赋及能力。换句话说，"入流易、一流难"，迈入基本门槛之后，才进入需要和同业竞争者比拼先天禀赋、后天积累的阶段。

史建全：在积累中，为弄清一部电影故事详细的来龙去脉，需要反复地观看，这也就是所谓的"拉片"吧。黄老师，您说拉片非常重要，对青年编剧如是，对所有编剧来说亦然。

黄丹：这是不言自明的。对此抱有疑问，就像问足球教练可否不研究比赛回放，问气象学家可否不观看卫星云图。

史建全：在您看来怎样拉片更有成效？

黄丹：请允许我用吃饭打个直观的比方。"吃"看似只与嘴相关，然而要完成吃的一系列行为，需要靠视觉观察色泽，靠嗅觉辨别气味，靠手操控餐具拿取食物……最终协同完成整个流程。拉片虽然立足于"看"，但手上的、耳里的、嘴上的功夫都少不了——来自我曾经的学习经验：<u>一本本的观影笔记，听取前</u>

<u>辈及老师的讲解和心得，和同学的思辨与争论……这一过程是否有成效，我不敢保证，只能说我所认同的拉片必是这样一番下力气的过程。</u>

史建全：现在网络信息发达，还有人利用 ChatGPT 这类网络工具获取对影片的分析及看法呢。说到 ChatGPT，近来在文本创作相关领域，对 AI、ChatGPT 的讨论热度居高不下，甚至有形成风潮的趋势。您作为一个专为编剧"设置门槛"和引导编剧"跨越门槛"的导师，如何看待这些所谓的技术风潮对编剧创作的影响？

黄丹："风潮"不只存在于时尚圈，创作领域中亦有。但我个人对于专业领域内的任何风潮即便不抱有警惕，至少是存疑的。其实要衡量任何一场风潮的实际状况，切实的方法就是拉长考察的周期。可以回忆一下几年前大数据、互联网思维、3D、VR等话题的喧嚣，如今安在？当然我必须坦承的是，我并不确知AI、ChatGPT 对于编剧创作的影响有多少，我并不具备人工智能领域的专业知识，不敢妄言。我只立足于一个年岁渐长的编剧行业从业者，认为我们作为"人"，实在不必让自己跟随机器的逻辑来思考。<u>编剧创作的无限可能是源于如何理解和表达人性，是对于"人"作为永恒且核心主题的信心，</u>只要坚信一切人类事业唯有"人"能赋予其独特性，那么对于技术的焦虑或鼓噪就都是无意义的。举一个小例子：商家客服的咨询服务早就引入了AI等技术，可曾见过顾客的抱怨和不满有多少下降？

史建全：有人曾经说过精灵一旦从瓶子里被放出来，就不可能再回去。ChatGPT既然已经存在，我们就需要思考如何利用它创作出更好的作品。毕竟人类应该主宰工具，而不是成为工具的奴隶。

对话邹静之

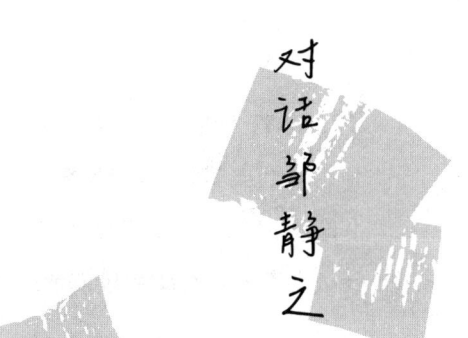

邹静之

诗人,作家,编剧
现为龙马社社长

代表作品:

电影《千里走单骑》《归来》《一代宗师》等
电视剧《康熙微服私访记》《铁齿铜牙纪晓岚》《琉璃厂传奇》《五月槐花香》等
话剧《我爱桃花》《断金》《莲花》等
歌剧《西施》《赵氏孤儿》等

Q2：总有人说，故事都让莎士比亚讲完了，所有的故事都是套路，经典就是经典套路。现在的观众都"见过世面"，什么电影都看过，早审美疲劳了。那么所谓的"新意"到底是什么意思？什么样的故事才算是有新意的？

邹静之：有一句老话："歌要熟，戏要生。"听众听一晚上音乐会，没有听到熟悉的歌，心中会不畅。戏则不然，说"这故事我太熟了，您讲了开头我就知道结尾"，那就不好演下去了。"生戏"指的就是新鲜的故事。老故事怎么出新？一种是在形式上有变化——电影变戏剧或变其他艺术形式；再一个，对原来的老故事做言之成理的颠覆，使之在情节不变的情况下，因视角、立场、解读的改变而出新。

史建全：今年票房大卖的电影《年会不能停！》，戏核仍是俄国果戈理创作于1835年的《钦差大臣》的翻版。小人物阴错阳差、命运颠倒的故事核广被世界各国在戏剧、电影中反复演绎；英国作者罗尔德·达尔的小说《牧师的喜悦》戏剧性的核心反转更是反反复复地出现在我们的电影、电视、戏剧、小品乃至手机上的短视频里。

邹静之：所以，"故事都讲完了"这个问题，我以为对一个编剧来说，想都不要去想，说说而已。<u>天地之大，人的故事讲完了，还有虫子的故事；地上的故事讲完了，还有天上的故事；没钱的故事讲完了，还有没电的故事</u>（确实有一部讲现代社会突然停电了的故事片，好看）。文学也好，影视也好，想要穷尽如此丰富的人类生活，还差得远。只要你有能力，故事总会有。如果人家说你能力不够，相信自己，乱编一个故事也是故事。

史建全：所言极是。法国的莫泊桑被誉为"短篇小说之王"，后来的俄国作家契诃夫叹道：小狗不能因为大狗的存在而感到恐慌，它只管叫好了，就按上帝给它安排的嗓子叫好了。后人誉契诃夫较莫泊桑"有过之而无不及"。

Q3：构思故事，是情节在前，还是人物在前？是结局在前，还是开端在前？什么样的故事是一个好故事？

邹静之：就自己几十年写戏的经验来看，我想只要能成功地到达彼岸，坐船也好，游泳也好，抱着木头或撑着木筏过去也好，只要过去了，这些就都是方便之门。一个编剧写戏的过程大多不是"一二三四"的，很可能是"二四五一"的；不是套公式的，很多时候是即兴、灵光一现的，这样写出来的作品才会闪烁、摇曳多姿。还有，编剧不能在这种问题上徘徊，什么找个顺序啊、找个定规啊来约束自己。真要那样，编剧养几个机器人就好了。

Q4：日常生活里积累素材的方法有哪些？

邹静之：素材分成两种：一种是亲身经历过的；还有一种是没有亲身经历过的——听来或从其他资料中获得的。就写戏来说，这两种素材都重要。有的人就是凭他几十年的生活积累，写了一辈子。有些人喜欢在文字或影视资料中集合人物和故事，然后幻化出新。两种都有好作品。举第一种写法的例子，有个朋友，写电视剧中某一个人物时，怎么写也写不对，讲给我听了后，我向他提起一个我们共同认识的人，问他可不可以照着那个人的行为举止来写。他回去试过后，说全通了，人物新鲜生动。

积累资料有个简单的办法：<u>人家是过日子，你是过小说，或许可行。</u>

对话曲士飞

曲士飞

中央戏剧学院戏剧文学系教授

编剧

代表作品:

电影《李保国》

Q5：类型片和艺术片的剧作技巧有哪些区别？

曲士飞：类型片也叫类型电影，常见的类型片有史诗片、悬念片、黑帮片、科幻片、喜剧片等。类型片强调模式化，它的产生与好莱坞制片制度关系密切，是大制片厂标准化生产的必然产物，其目的是追求市场利益最大化。艺术片更强调创作表达的个性化、个人或群体的体验、具有深意的情感与意识，这些都是艺术片关注的表达要素。其内涵与思想更为丰富，剧作技巧上也高度重视个人审美。

不同的类型片也必然会涉及不同的题材和剧作技巧。但在追求商业价值的前提下，在追求外在感官刺激、情节悬念紧张、视觉冲击强烈的驱使下，其剧作遵循模式套路，所谓技巧，其根本就是模式化。

<u>艺术片剧作中的技巧则与创作者的意愿、想象力、经验等综合人为因素更密切相关。不重复、不套路化是衡量其剧作的常见标准。</u>

二者的区分，其根本源于观众对观片的需求，变与不变也是辩证的、相对的。正如有人说，<u>艺术片的极致就是商业片，商业片的极致就是艺术片。</u>这话虽略显绝对，却也不无道理。

Q6：目前，似乎国内更看重电影的商业性，对文学性有所忽视。但谈及国产电影不好看，大家都会提到缺少文学性的元素。站在作者的角度，您怎么看待文学性不太被大家关注这一现象？

曲士飞：电影要生存，重视商业性是必然。商业性与文学性共生，这本来就是一个极大的挑战。市场的残酷，必然导致创作者的试错成本极高。时代在变化，"吃着泡面写世界名著"早已不是今天这个时代作者们的普遍追求了。当电影的商品属性被放置在第一位时，投资方也不允许电影产品为强调文学性而降低商业性，提升市场风险。很多作者当然重视文学性，观众也并不拒绝电影的文学性，而这一切的前提是先满足商业竞争的需求，而我们大部分的电影还不能做到这一点，对文学性的追求退而求其次也必将不是短期现象。

Q7：过去一度推出了很多改编自著名文学作品的影片，但当下这种电影很少了。您觉得文学改编的优势和风险是什么？创作者在其中需要考量、注意哪些问题？

曲士飞：优秀的文学作品是电影剧本创作重要的故事来源之一，从故事核、生活质感到审美、思想、价值理念，文学能提供诸多电影剧本写作所需。但是文学改编同样有风险，以小说为例，小说写作的技巧方法、故事结构等的特点与剧本写作有较大差异，如果编剧不能有效提取并加以再创作，剧本就不能从原小说脱胎而出，最终结果很可能不伦不类，甚至发生基因变异。

现在的很多文学作品改编，资方会以读者数的多寡作为购买版权进行影视改编的依据，但是编剧面对这样的改编，还是要透过现象看到本质：这个文学作品的故事核与故事本身是否能支撑剧本改编，是需要重点考量的。

史建全：文学是电影文学剧本创作的母体，文学巨著改编成的电影不计其数，有成功的，有不成功的。《战争与和平》《悲惨世界》，不管电影时长多少，都无法与原著媲美。而《教父》一直被奉为电影人必看的经典作品，却很少人读过原小说（我也没有读过）。

我们的电影中，悬疑片、推理片少之又少，也恰是因为我们没有这块文学基础。日本自20世纪中叶以来，就产生了松本清张、森村诚一、东野圭吾等多位推理小说作家，随之也产生了

《人证》等一批脍炙人口的电影。我们的电影在这方面还是零。

Q8：如果要选择文学作品改编成影视作品，需要注意什么？是否有文学作品不适合改编？

曲士飞：创作者面对文学改编，选取文学作品的哪个点作为改编的最重要依托是关键。就如清初洪昇《长生殿》一问世，"爱文者喜其词，知音者赏其律"。编剧从文学作品中汲取的对剧本创作最重要的是故事核；文学作品的故事情境、人物关系、人物性格特质等方面，哪些应在剧本中保留、哪些需要摒弃也是需要注意的问题。

当然有很多文学作品并不适合改编成剧本。从很多成片失败的原因分析，归根结底，正是用以改编的文学作品根本不适合影视化。

史建全：改编一部小说，关键还是看小说的故事核。一本寸把厚的小说，压缩至几页纸的梗概，从几十万字到几千字，如果吸引不住人，那这小说就没有改编的价值。

曲士飞：我们用好的剧本常见的几个标准倒推，看看文学作品里是否天然具备这些因素，是否选择改编就很容易决定了。这些因素包括<u>积极健康的故事主题、扎实严谨的剧本结构、强烈清晰的矛盾冲突、生动鲜活的人物形象、丰富紧张的故事情节、生动感人的情感表达。</u>

史建全：好的改编是伟大的，要不奥斯卡金像奖专门设一个"最佳改编剧本奖"呢。远的不说，就说国内优秀的改编作品，电影《霸王别姬》《红高粱》，电视剧《我这一辈子》《无悔追踪》，都非常优秀。年轻的编剧不妨找来原作和改编后的影视作品对照一看，能不能改编，如何改编，一目了然。

Q9：新编剧入行需要从哪几方面提高自己？

曲士飞：新编剧入行，要尽量了解行业全产业链；不断学习，扩大阅读与观片量；保持写作，无论是否有人约稿，保持好的工作与生活习惯，职业编剧需要职业精神与职业素养；保持对生活的热情，好故事永远离不开生活。

Q10：编剧有时候没戏可写，有时候写不出来，有时候写了烂片，那怎么面对自己？怎么面对市场？

史建全：首先劝退。剧本对于完整的电影来说只是一个半成品，电影是导演的艺术，编剧是天生的乙方。能干别的千万别干编剧。但是万一你干了这一行，那就得熬。人嘛，总会有低谷。

但是还要学会总结。今天的人，心态很杂。你要会分辨，哪些是观众没看懂或者看岔劈了，下次注意讲得再明白点；哪些是你宁可被骂也一定要坚持的。不能别人一说，你就随风倒了。那你永远成不了一流编剧。所以，身处低谷时还要有坚持。当然前提是你打算跟编剧这行死磕了。

曲士飞：几年前，在一次会议上见到了前辈编剧徐萊老师，我和徐老师说起我经常对学生说编剧要学会学习，学会等待。徐老师接着说，编剧还要耐得寂寞，不厌修改，只有这样不断去写，不停去看，才能出好作品。于是我把我们两代编剧的一点感悟总结成了下面的话：<u>学会学习，学会等待，耐得寂寞，不厌修改，俯身耕耘，静待花开。</u>

用这些话和学编剧的学生、新入行的编剧们共勉。

对话汪海林

汪海林

编剧,监制,制片人,影评人

代表作品:

电影《铜雀台》《说好不分手》等

电视剧《铁齿铜牙纪晓岚》(第三部、第四部)、《真情告别》、《楚汉传奇》、《都是天使惹的祸》等

·写/好/剧/本

Q11：汪老师是编剧也是制片人，在您看来，就影视剧剧本而言，值得投资拍摄的标准是什么？

汪海林：其实，从编剧的眼光和从制片人的眼光来看，评判剧本的标准是不一样的。编剧更看重故事的独创性和生动性。是不是一个好剧本，能从一两场戏迅速判断出，简单点概括就是：是否生动。但好剧本不等于可以获得投资拍摄。制片人更看重剧本的商业架构，尤其欢迎流行题材中的创新内容，以及冷僻题材中的流行内容。<u>切忌写流行题材中的流行内容，这容易成为跟风作品，死得快；也不宜作冷僻题材的冷僻内容，卖不掉。</u>

Q12：很多年轻编剧会参与网剧剧本的编写，其中不少剧是"小成本、零大咖"，制作和演员选用都受到限制。请问汪老师，您认为此时该如何从编剧层面做出新意、做出彩？

汪海林：年轻编剧的优点是剧情信息量大、节奏快，弱点是不聚焦，往下挖掘的能力欠缺。我们找到一个好的题材，好的故事，不要急于把故事讲完，要把人物塑造好，写出"极品人物"，我们的口号是：不是极品我不写。各种新奇的点子，最终要落到人物身上，才有价值。事件为人物服务，而不是人物为事件服务，必须搞清楚这个顺序，顺序搞错了，你就是<u>一个低价编剧，只会写事儿，要成为贵一点的编剧，你必须要会写人物。有一个标准，你的剧本要让演员特别想演</u>。设想一下你自己是个演员，你会愿意做一个说词儿的机器吗？你是不是希望演疯子，演迷狂，演跌入地狱依旧抗争，演辉煌背后冷酷的真相？你并不喜欢大哭大笑，你喜欢演引而不发，你喜欢演待价而沽，你喜欢演扮猪吃虎，你喜欢演快意恩仇……那就把那些肆意妄想写到你的剧本里，让人物去实现那些不可能实现的欲望。你的剧本不好，只有一个原因，就是你还不够疯狂。

史建全：如果从正负零开始创作一个剧本，一定先想到我要讲一个什么样的故事，或者我想讲一个什么人的故事，故而人物与事件相辅而产生。就像冲洗黑白照片，被曝过光的相纸泡在显影液中显影，黑白灰随着整体影像的"孰轻孰重"呈现出来，人物与事件相辅相成也是如此。当然最后的感觉是落在了人物上。

这使我想起当年拍电视剧《无悔追踪》时，有一个贯穿全剧的警察角色小黑子，被选定的演员看过剧本后专程跑到剧组找我，非要换演剧中的另一个人物粪霸大老扁儿，而这个人物并不

· 写 / 好 / 剧 / 本

贯穿全剧。要知道当年是按演员的戏份多少来定酬金的，可这个演员固执地说，哥们儿只要演上这个大老扁儿，下部戏就能一集一千啦！当年电视剧中的配角，一集只有一二百块。可见这个人物塑造得有棱有角，才招致他如此之喜爱。

Q13：大部分影片依据剧本拍摄，而王家卫这样的导演则不依赖剧本，那么我们应该怎样看待剧本？

汪海林：导演改剧本习以为常，过后的戏和前边的接不接，他就不管了。这种破绽在电视剧中较多。所以有的观众在观看长篇电视剧时，常觉得前言不搭后语，这大多都是导演动过的"手脚"。有位大导演，拍过许多大片，他的文学策划曾不客气地对他说，你看，好几部电影，观众吐槽的地方都是你亲自改动过的地方。这就很说明问题了。

史建全：一个电影导演可以拿到一个"很好的剧本"拍摄一部"很好的影片"，他也可能拿到一个"很好的剧本"而拍摄一部"糟糕的影片"，但他不可能拿到一部"糟糕的剧本"而拍摄成一部"很好的影片"——绝对不可能！

导演知道如何在视觉上把故事线安排得更紧凑从而改进原来的电影剧本,当然,这是导演应该做的活儿,他们挣的就是这份钱。大多数导演对故事的改动,也不过是把问候中的"您吃了吗"改成"吃了吗您"。

Q14:有人说,影视创作已经从演员驱动、导演驱动,进入到了编剧驱动的时代。在好莱坞,编剧甚至成了影视行业的生产核心。在汪老师看来,未来,我们会迎来编剧的时代吗?

汪海林:编剧倒是想驱动。但,这不是现实。所有的核心,都是争夺……是争取来的,是斗争来的。编剧不要想象这个核心会被别人赋予你。除了斗争,别无他途。未来,对编剧来说,斗争就有,不斗争就没有。

Q15:近来在文本创作相关领域,对 AI、ChatGPT 的讨论热度居高不下。您如何看待这些技术对编剧创作的影响?

汪海林:这个问题有法律的层面。美国编剧罢工,争取将

AI、ChatGPT 的使用控制在一定范围内，且只能作为编剧的辅助手段，编剧群体拒绝成为人工智能的助手。所以，在法律层面，我们也应该争取这样一个局面：为了保障编剧的劳动权益，必须对人工智能在剧本创作中的使用范围做出一定限制，且应该建立以人为核心、以人工智能为辅助的机制，而不是反过来。

史建全： 我有个小写伴，现在是家影视公司的小老板。他已经在用 ChatGPT 写故事梗概了，据说还不错。但是我觉得这东西设计之目的就是辅助人，而不是取代人。一个投资老板，如果不是缺心眼儿的那种，投资几千万，他一定还是选择人，就算用 ChatGPT，写了几版故事，他也还得找专业人士帮他再看看，因为最终下判断、做选择的还是人。<u>ChatGPT 是基于大数据建立起来的智能对话系统。数据是什么？数据是过去，永远是过去，加上算法也是过去。所以它的创造性也是一种循规蹈矩。</u>这东西的残酷性在于，它会让很多年轻编剧失去锻炼的机会。年轻编剧要从写不成形的大纲开始，这一步将很快被机器取代。编剧得不到这些锻炼，就会越写越笨。

汪海林：在技术层面，人工智能会不断进步，必然会创作出更完美的内容，人工智能的发展会对社会的方方面面造成深刻的变化，包括社会关系的变化。我们应该欢迎这种技术进步，时刻关注其可能带来的变化。

对于编剧自身来说，这个职业几千年来就始终面临挑战，我们面对国王、主教、礼部、军事管制、娱乐管制等各种复杂的情况，均顽强地生存下来了。我们要坚信，我们的想象不会消亡，我们的键盘不会消失，编剧会坚持到人类最后的那一天。

史建全：就是，照相机有了，就不画画了吗？

对话全勇先

全勇先

作家,编剧

代表作品:

小说《白太阳红太阳》《恨事》《妹妹》《昭和十八年》等
电影《悬崖之上》
电视剧《悬崖》《雪狼》《岁月》

Q16：小说改编，如何平衡"原著党"和当代观众审美口味？您认为原创性与改编之间的平衡点在哪里，该如何取舍，又该如何创作出改编作品的亮点，并保持原作的精神？

全勇先： 文无定法。这两个问题是没有标准答案的。我之所以把这两个话题统一起来回答，就是要告诉大家，好剧本本身没有一个统一的、量化的标准。它不是数学，它不只有一个答案。好菜不是里面好吃的东西多，而是均衡，搭配得当，咸淡可口，主次分明，不互相冲突，不互相淹没。要互相抬举，不犯冲。把所有的好食材和所有的好调料放在一起，一定会是全世界最难吃的菜。而哪怕只是一盘豆腐、一盘青菜，只要做得好、搭配得好，依然可以成为名菜。<u>剧本的改编也是一个道理，选材不必复杂，但是要准确、统一，要清楚自己的目的。任何时候，都应该把原著中最适合影视表现的部分表达出来。同理，也要去除掉那些不适合的成分。</u>

史建全： 改编原著踌躇时，要记住：<u>原著中的精彩与完美，不是再也没有东西可加，而应该是再也没有可下手删的了。</u>当你顺风顺水地把原著中几页甚至十几页纸的东西搬进剧本，而这恰是需要你认真改造的地方。你试试看，结果你肯定会情不自禁地撂下键盘起身夸自己一句。

全勇先：文字和声画毕竟不是一回事。我觉得最重要的是改编的合理性。当代观众的审美口味也是个虚假命题。南甜北咸、东辣西酸，年纪不同，生活经验不同，文化层次和精神高度都不同，如何把这些人的审美统一起来？就好像对医生来说，每个人的病都不一样，你永远不能开出统一的药方。对创作者来说，尊重人类共同的情感，尊重逻辑，尊重普遍的感受和经验，以及人心向真、向善、向美的共性，才有可能写出好的作品。

史建全：勇先老师说的这一点很在点上，即，<u>写万人心中所有，写万人笔下所无。</u>在《鬼子来了》的拍摄过程中，导演边拍边改剧本。其中有一场戏讲日本鬼子花屋小三郎在被村民们看押期间，心中恐惧，在噩梦中见到一群中国村民身披大花棉被，却裹成日本武士的装扮，在残破的长城上挥舞着菜刀、斧头向他杀来……这非常符合一个小日本鬼子的心理状态。不禁为导演的设计暗暗叫绝。

・写/好/剧/本

Q17：能否具体谈谈《悬崖》的创作和改编过程？

全勇先：《悬崖》是个原创剧本，开始是要写小说的，但是后来因为时间问题，就直接写成剧本了。本来还想回过头来再把它变成一部小说，但是所有的冲动都在剧作里释放干净了，再没有心情去把它变成一部小说了。

电影《悬崖之上》并非电视剧《悬崖》的浓缩版，严格地讲，它应该是《悬崖》的前传，它是一个崭新的故事。但是它保留了电视剧中的人物和人物关系。我觉得电影和电视剧在表现上是非常不同的，二者的区别相当于短篇小说和长篇小说，甚至比这个差别还要大。<u>电视剧是时大时小、时快时慢的雷阵雨，而电影就是一道霹雳。电影是麻雀虽小，但要五脏俱全。它的精巧、层次感、爆发力都需要用不同的、更集中的故事表现来完成。</u>

PART 3

一个写电影的电影剧本

我在电影院里长大。那时候的电影院不是天天放电影，所以放映场子大部时间空闲着。静谧的休息室里，我这个六七岁的小孩可以和悬挂墙上的"二十二大电影明星"对话交流一整天。《海魂》里的赵丹，《党的女儿》里的田华，《战火中的青春》里的庞学勤，《一江春水向东流》里的上官云珠，《红旗谱》里的崔嵬……

也许是命中注定，我后来阴错阳差地蹚了电影这道浑水……

那年，北京紫禁城影业公司约我写部纪念中国电影诞生的剧本。于是，这部《老电影院的故事》就这么写出来了。我敢说，这是一部目前相对完整记载1949—1987年中国电影的电影剧本！或许以后也不会再有人写这段电影的历史了，那个时代过去了。

老电影院的故事

编剧：史建全

主要人物

郭连庆（男）………电影院职工（后任经理）

于小雯（女）………学生

小黑影（女）………孤儿

季玉发（男）………派出所警察

陈素伦（女）………电影院职工

起得猛（男）………京戏票友（后为电影院职工）

马扎子（男）………铝制品厂订票员

大　四（男）………小人书摊摊主

・写/好/剧/本

1.1949年初春 北平 （日）

一架嚓嚓作响的"佐尔基"摄影机架在北京城墙垛上——高鼻碧眼的苏联摄影师俯拍着一个身穿美军夹克的国民党军官跑步出城门，毕恭毕敬地敬礼，将一把系着的木牌儿上写着"西直门"字样的城门钥匙交到一位解放军军官手里。

一队身着厚棉军装的解放军战士与一队国民党岗哨交换持枪礼。

解放军战士接收了北平城门的哨位。

2. 前门外大街 （日）

街道两旁店铺门脸儿上插满的大大小小的红旗显得格外艳丽。

街筒子洒满厚厚一层鞭炮纸屑。店铺墙上，玻璃橱窗上，电线杆上花花绿绿的标语，使这古老的街道充满生机。

嚓嚓作响的脚步声由远而近。解除武装的国民党队伍将街筒子挤得满满登登。他们面无表情，木讷地开出城外。

市民们对这慵慵懒懒的队伍毫不在意。

队伍过后，地上一片扯掉的臂章、胸章和"青天白日"的国民党帽徽。

脚步声轰鸣。一支穿着实纳帮子大棉鞋、全副武装的解放军队伍踏着地上的国民党胸章帽徽，隆隆作响地开来。

咔咔嚓嚓的脚步声震颤整个街筒子。

两旁店铺门脸儿露出喜形于色的市民。

一个小伙计拎着一把冒着热气的大铁壶挤到路边，一拉溜摆开一排大茶碗。

队伍中一扛着汤姆枪的单眼皮小战士，不住地从队伍里探头探脑，脑袋像拨浪鼓一样左顾右盼。

琳琅满目的百货公司，富丽堂皇的饭庄子，让他那稚气未脱的眼睛目不暇接。

玻璃橱窗里裹着裘皮大衣的时装模特，绸布庄里五颜六色的绸缎，车行里一排排瓦亮的自行车……单眼皮的眼睛看直了。

忽然，一幅巨大的电影海报映入他的眼帘——《乱世佳人》。

单眼皮扭着脖子不知不觉地挤出了队伍，久久盯着那海报上漂亮的女人……

队伍的脚步声轰轰烈烈。

一个穿着素雅的女孩手里攥着一串糖葫芦，骑着一辆自行车迎着队伍过来。

单眼皮挤出队伍边儿，还扭着脖子看着后边电影院门口的海报。

女孩的自行车险些撞到他身上,那女孩一拧车把,顺手将手中的糖葫芦插到单眼皮背上的汤姆枪枪管上。

单眼皮丝毫没注意,女孩与他擦身而过。

"啪"一巴掌打在他后脑勺上,单眼皮扭头一看,挎着盒子炮的班长狠狠地瞪着他。他不知所以,正想挤进队伍,班长一把薅出他,伸手一指他背上的枪管。

单眼皮歪头,才发现枪管上插着的糖葫芦。他不好意思地龇牙笑笑,摘下糖葫芦拔腿朝女孩的方向追去。

队伍浩浩荡荡地开出小街。脚步声仍然轰轰烈烈。

3. 影院门口 (日)

单眼皮举着糖葫芦拐过几道街口,远远地望着前边骑着自行车的女孩,她的辫子上两朵粉红的大蝴蝶结像两束跳跃的火苗。

骑车的女孩似乎感觉到身后追来的小战士,她抿嘴狡黠地一笑,过膝棉旗袍下套着玻璃丝袜的浑圆小腿使劲蹬了几步,车子拐出街口,扎进旁边的小胡同。

单眼皮追过来,站在几条小胡同的岔道口,一时迷惑了。

队伍嚓嚓的脚步声越来越远。

他终于沮丧地转身出了胡同，来到了街上。

单眼皮走过那家电影院，海报上那漂亮的大美人吸引住他。他不禁驻足伫立，一时望着海报上的女人忘乎所以。突然，他耳边响起一个娇滴滴的声音（画外音）："噢，你不要这样看着我，我的心都快要跳出了胸膛……"

影院里边的几个服务员隔着玻璃门看到街上这位背着汤姆枪、拿着糖葫芦、仰着脑袋呆呆地看着海报的小兵指手画脚议论着什么。他们身后挤过一个经理模样的中年男子，看了外边的单眼皮一眼，随手拨开那几个服务员，推开大门，殷勤地冲他笑笑。

单眼皮有点不好意思，正欲退步，那女人甜甜的声音愤怒起来（画外音）："哦，不要碰我，滚开！你这衣冠禽兽的东西，不……不！"

单眼皮紧张起来，他望着影院门里经理那笑容可掬的脸，心里却感觉到某种不安，他下意识地把背上的汤姆枪拽到了胸前。

4. 影院放映场子 （黑）

（银幕上）

"啊——啊！你放开我，放开我！斯科普里，你不得好死，上帝会惩罚你的!"

一个粗壮的男子扯开漂亮女人的裙子,将她按到地上,滚作一团。女人的叫喊声被那男人沉闷的喘息声压住。

突然,入场门上沉重的黑天鹅绒门帘被撩开一道缝,一道亮光射进黑黢黢的场子里。单眼皮探头进来。就着门帘缝隙的光亮,他看见场子里坐着为数不多的观众。

他手一松,门帘在他身后合上,顿时,一片黑暗。

5. 影院休息室 (日)

沉重的门帘唰地闭上,跟在单眼皮后边的经理一伙人被隔在门外。

他们面面相觑,一时不知如何是好,突然,经理叫道:"陈素伦,陈素伦呢?"

"经理,您招呼旗袍陈呐?半天没瞅着她扎哪儿去了。"一个服务员应声道。

经理转身在兜儿里摩挲着:"去,你去,到街上抓挠点儿干果来。"他掏出一沓钞票塞到那服务员手里。

6. 影院放映场子 （黑）

"哗！"银幕上的天空中劈下一道闪电，单眼皮被震颤得一激灵。

（银幕上）顿时，大雨倾盆。那个漂亮女人跌跌撞撞地踟蹰在茫茫荒野中。

单眼皮随着雨声情不自禁地缩缩身子。他惊骇地望着银幕上那巨大的人形，抬头望望半空划过的一束探照灯似的光芒，不知所措地挪动着脚步。

（银幕上）突然，那个女人跌在泥潭里……

单眼皮下意识地赶紧上前想扶住她，不想却撞到坚硬的水泥台口上。

（银幕上）女人痛苦地捧着凸起的肚子，挣扎着伸出求救的双手……

单眼皮急了，他摩挲着冰凉的台口，终于看到台边几道台阶上有一个小门，他蹿上去，推开小门进去。

黑暗中，经理端着一个盛满杏干果脯花生瓜子的茶盘，猫着腰挨排儿地在观众座位里寻找着单眼皮。

单眼皮摸进窄小的落满尘土的银幕后边。他瞪大眼睛仰着脑袋看着银幕上那漂亮女人在马厩里痛苦地呻吟、翻滚着。他一凛，抱着汤姆枪一屁股坐在地上。

（银幕上）漂亮女人咬紧牙关，头上冒起豆粒大的汗珠。凄厉的尖叫一声高过一声。

那声音仿佛就响在他的耳边，他怀疑自己的耳朵出了问题，不禁伸手顺着声音四下里摩挲。忽然，他的手像摸到了什么，他停止了动作，干涩地咽着唾沫，突出的喉结紧张地上下滑动——

（银幕上）

女人的手紧紧地抓住马槽上的木杆，艰难地挺着笨重的大肚子，腿上淌出殷红的血水——伴着一声凄厉的尖叫，婴儿呱呱坠地的啼哭声剧烈地晃动着整个银幕。

婴儿的哭声愈演愈烈，高亢悲怆。

漂亮女人淌着汗水的脸露出了笑容，她撕下裙角裹住了新生的婴儿。

草原一片辽阔，远方的天边露出一丝鱼肚白色的天空。画面隐黑。

婴儿的啼哭声骤然大作，单眼皮一怔，这时他才发现自己手中抱着一个血淋淋的孩子——

7. 影院散场门外 （日）

"啪！"散场门洞开，露出黑乎乎的门洞。

许久，婴儿响亮的啼哭声从里面喷出。单眼皮抱着用棉衣裹着的一个孩子从里面惊惶失措地蹿了出来。

他茫然地站在散场门门口。

场子里涌出散场的观众，都莫名其妙地望着这个上身穿着白粗布衫、全副武装却抱着一个孩子的小战士。

单眼皮像受到惊吓一般，飞也似的奔跑起来。

8. 街上 （黄昏）

伴着婴儿的哭声，单眼皮跑过一条胡同又一条街道。

他终于跑到大部队开过的那条小街，街筒子里空无一人，地上满是欢迎队伍过后被踩碎的鲜花。

他望着空荡荡的街筒子，声嘶力竭地大吼："班长——！"

他的眼泪像断线的珠子潸潸地淌了一脸。他瘫坐在马路牙子上，伤心地哭着。

孩子响亮的哭声染红了街口天际边那抹绯红的晚霞。

9. 派出所 （日）

"你叫郭连庆？"

单眼皮眼睛哭得跟桃似的，泪水将他的腮帮子淹起一层红皴，他哽咽得发不出声，怀抱着那个孩子，一个劲地打着嗝，点了点头。

边上一女警察从火炉子上的铁壶里拿出一个热乎乎的玻璃奶瓶。连庆接过，像模像样地给怀里的孩子喂上了奶。

领口上佩着"警察"字样领章的瘦高个儿大季同情地瞥了他一眼。

打着补丁的棉帘儿一挑，进来两个胳膊上戴着"纠察"红箍的军人。

"你所在的部队出了永定门就上了火车，开到啥地方去了，我们也不知道。"他看着傻了的连庆，又说，"这是军事秘密，你是军人，你应该懂得纪律。"

连庆一听，哽咽得上气不接下气。

"军管会叫我们通知你，就地转业，参加地方工作。"另一个纠察说着就去抓他身边的汤姆枪和子弹袋。

连庆握住枪管，嗓子发出哏儿哏儿的哽咽声，脸憋得像猪肝一样。

警察大季安慰道:"在地方也是做革命工作,你在部队受这么多年教育,这点道理不用说你都懂。"他拨开连庆的手,将汤姆枪抓过来,递给了纠察。

连庆终于放声痛哭。

这时,门外冲进来影院的白头发经理:"大季同志,就让连庆同志到我们影院工作吧,北平刚解放,我们影院正好缺一位有觉悟的同志呢。"他说着扭头对门外喊,"来来来,欢迎郭连庆同志。"

门外进来影院的那群服务员。

经理:"陈素伦,小陈,来,快帮着把孩子接过来。"

从人群后面挤出一个略施粉黛、穿着一件紧身素花棉旗袍的年轻女子,她的脸色苍白得像一张纸,步子软软地挪到连庆跟前,伸手想接过他怀里的孩子。

连庆抽泣得昏天黑地,下意识地抱紧怀里的孩子。

大季盯着旗袍陈,忽然想起什么,问:"嗯,对了,连庆同志,这孩子是……"

连庆怀里的孩子死死抓住连庆胸口,死活不肯撒手。

连庆泣不成声:"就,就,就是……"

大季紧着问:"谁?就是谁?"

连庆:"就是,电影上……那个……外国娘们儿生的。"

大季和两个纠察听罢哭笑不得。

旗袍陈的眼泪再也控制不住,从眼眶里唰唰滚落。

"咙哩哏儿咙哩哏儿,咙哩哏咙哩咙儿……"《喜相逢》的曲调伴着她那晶莹的泪花猝然响起。

10.1950 年春末　影院　(日)

欢快的乐曲声中,休息室墙角上的大铁电铃"铛铛铛——"地响了起来。

酱紫色的天鹅绒大幕缓缓拉开——场子里顿时一片黑暗。

一束手电光射过来,一个服务员晃动着手电筒,给身后的俩观众找座。就着银幕上反射的光亮,我们看清是换了模样的连庆。

他后脑勺子撮出半拉青瓢儿,脑瓜顶上留起了短短的小分头。洗得发白的旧军装扎进裤腰里,装束得很时髦。

手电光晃过全神贯注的、长着一对小眯缝眼的胖脸男人(马扎子),他不满地用手挡住手电筒的光亮。手电光落在他这边的空位子上。

连庆安排好落座的观众,转身就走。

这时，雄壮的《新民主主义进行曲》变奏的音乐陡然响起，银幕上显现——"东北电影制片厂"的片头。

连庆的眼睛一怔，转身盯着银幕上推出的片名《钢铁战士》，不禁肃然起敬。

激昂的音乐使他仿佛恢复了军人的自豪感。

11. 影院休息室　（日）

五短身材的起得猛一身纺绸裤褂，他环顾四周，感叹："当年裘盛戎裘老板就在这戏园子里唱过戏，那时候还没你们呢。"他见服务员们没人理他，索性坐下来，甩掉鞋，搓着脚丫子端着小酒壶神侃，"后来这家戏园子掌柜的娶了一个在意大利使馆当过用人的儿媳妇。架不住这小媳妇的撺腾，结果，戏园子改电影院了。唉，弄得现在连看戏的地界儿都没有了。"

经理过来说他："起得猛，现在解放了，你也找个正经营生做做，别整天到处卖嘴，跟天桥撂地摊的似的。"

起得猛瞥他一眼，一发力，腾身而起，咔嚓！两条腿横劈在两个椅子背上，看得出他还真有功夫。

·写/好/剧/本

12. 影院放映场子 （黑）

（银幕上）

"对！咱们平时说的都不算，要看就看现在，谁要是孬种谁不算是穷人的儿子。"稚气未脱的小战士刘海泉咬着牙说。

几个战士坚决地应和着："对！对！"

大个子战士："对！排长，你瞅着，反正我是跟着大伙出去就出去了，万一敌人上来了，咱们看吧，后面是百丈悬崖，把枪一砸，咱就从这蹦下去，不让敌人抓活的。"

张排长（张平饰）："好！咱们也来个狼牙山，就像五壮士那样干，咱们也一定能干。"

大个子战士："小刘刚才说得对，咱们谁也不准叛变。谁要是投降叛变喽，谁就不是穷人的儿子，是国民党反动派，是蒋介石的儿子！"

小刘："排长，你领着咱们宣誓！"他说着从上衣口袋里掏出一本上边印着毛主席画像的《为人民服务》的小书，放在石头上。

"好，同志们，咱们宣誓！"张排长带着战士们庄严地举起了拳头。

悲怆的音乐声使连庆激动得热泪盈眶，站在场子走道中央举起了握紧的拳头。

"嘿，找座儿的，你倒是快点，我们这座儿在哪边呢？"一对青年男女从后边摸黑走来。

连庆沉浸在激动之中，丝毫没理会后边观众的催促。

"这人嘿，你倒是挪挪窝儿嘿！"后边的女孩不耐烦地搡他一把。

连庆如梦初醒，回身看见那女孩嘴里叼着一串糖葫芦，头嗡一下大了。

（闪回）

骑车女孩把一串糖葫芦插进他的汤姆枪枪管。

连庆举着糖葫芦紧追着前边骑车的女孩。

连庆一挥手电筒："出去！"

女孩身后的小伙子火了："你这人什么态度？！"他一掌搡在连庆肩膀头上。

连庆一个趔趄，稳住身子，上来就薅住那小伙子的脖领，俩人拧巴起来。

（银幕上）

八路军战士与敌人拼死搏斗。小刘被几个国民党兵按在身下。

大个子战士冲上来，用枪托子砸倒那群国民党兵。他刚转过身，却被一个国民党军官开枪击倒。

大个子战士晃摇着身子，倒下了。

雄壮的声音中，连庆掐着那小伙子的胳膊栽倒在地。那个女孩拿着糖葫芦从后边敲打着连庆的脑袋。

座位上那小眯缝眼观众打抱不平，蹿出来，脱下鞋，抡起鞋底子冲着那小伙子的脑袋"啪啪"地砸得山响。

连庆的手电筒掉地摔亮。手电筒顺着场子坡道朝前边滚去，射出的光束照亮一双双男男女女的脚。

观众大哗。

连庆俩人翻滚到散场门门口，被连庆压在身下的小伙子用力一蹬，连庆一个倒栽葱折了出去。

13. 影院散场门外 （日）

散场门外的小空场上摆着一片小人书摊，几个孩子聚精会神地看着小人书。

长着大冬瓜脑袋的大四张罗着："一分钱看一本。看电影的二分……"

他话音未落，只听"嗵！"的一声，散场门洞开，连庆从里面折了出来，将看小人书的几个孩子砸得七零八落。

"嘿，你丫看着点……赔我小人书！"大四吼道。

14. 影院休息室 （日）

"你怎么一看见吃糖葫芦的就跟人家犯态度呀？你瞅瞅……"经理翻开手中的意见本，"你自己瞅瞅，上个月的意见本，光针对你跟吃糖葫芦的观众吵架的就有四条。"他说着瞥瞥旁边板着脸的警察大季，打着圆场："当然了，大季同志，连庆这样做是为了影院的公共卫生。"他扭头对连庆又来气："可是你把人家堵在场子外头不让人家进场，人家说了……"他看着意见本念起来，"如果吃糖葫芦不让进场，那么为什么吃冻柿子的就可以进场呢？柿子皮扔在地上，不比一根糖葫芦签更不卫生吗？"说罢他把意见本摔在桌上，"瞧你这相儿！你现在是影院工作人员，怎么可以这样对待观众呢？"

临街的玻璃门被推开一道缝，小眯缝眼——马扎子探进脑袋,讨好道:"经理,那事不赖这服务员,是那小子先动的手。"

经理回头瞪他一眼:"你是哪儿的?这没你事。"

马扎子:"我是铝制品厂的,这事我瞅见了,您听我跟您说……"他说着想进来,不想一眼看到了休息厅里的警察大季,吓得又缩了回去。

经理继续数落着脑门儿上贴着橡皮膏的连庆:"再说,再说你也不小了,今年十七了吧?"

连庆鼻孔里插着两个纸卷,堵着流血的鼻子,抱着孩子噘着嘴显得很委屈。

一直斜睨着他的大季开口:"郭连庆同志,这个孩子的事儿,我还得问你,你拾到这孩子的时候,就没看见别人?"

连庆:"没看见别人,我都说多少遍了。"

大季:"你再好好想想,黑咕隆咚的,你可能看不见,可你就一点声儿也没听见?"

连庆:"没有,我在黑影里听到有孩子哭,伸手一摸,就摸着她了。"他颠着怀里的孩子,显得很在行。

这时,旗袍陈走来:"连庆,要给小孩子吃奶了。"她一口吴侬软语,一听就是南方人。她递过两只装着牛奶的广口瓶子:"热的,快吃吧。"

连庆接过瓶子："陈姐，又让你花钱，这孩子吃不惯牛奶，我在家小时候我妈都是这样把我们喂大的。"他说着从碗里挑出一手指头面糊抹到孩子嘴里。

孩子咂摸着嘴，抿得挺香。

旗袍陈蹙起两道精心修饰过的弯弯的细柳眉，心疼地伸手接过孩子。

大季盯着她绷在旗袍里高耸的胸峰，嘴里却问着连庆："你在黑影里，就没看见别人的身影吗？"

连庆："没有，我就瞅见小黑影了，没瞅见别人。我都说过多少遍了。"他看着旗袍陈把大广口瓶子里的奶兑进小奶瓶，紧着说，"陈姐，那奶嘴上的窟窿眼叫这孩子给嘬大了，你慢着喂，别呛着孩子。"

大季话里有话："陈素伦，你看这个小黑影会是哪来的呢？"

旗袍陈头也不抬："我啊，不晓得。"

经理："多亏小陈同志帮着照顾，不然我看这小黑影能不能活都悬。"

大季盯着旗袍陈自言自语："小黑影？这小黑影是谁的孩子呢？……纳闷了。"

15. 影院放映场子 （黑）

（银幕上）

"啊！"随着一声撕人肺腑的嚷喊，一个瘦小枯干、打扮俗媚的烟花女子被老鸨按倒在地，一个"大茶壶"（妓院的看门男人）上来拿搓板压住那女子凸起的肚子。

凶狠的老鸨一屁股坐在搓板上。

女人疼得咬牙痛叫，汗水淌湿了她的头发，一股殷红的血水淌出裤管。

老鸨从炉子上取下烧得通红的烙铁……

连庆带完座，回到后排找个空位坐了下来，他下意识地一回头，看到站在后边的旗袍陈哭了。她哭得无声，高耸起伏的胸膛显示出她内心的澎湃。

（银幕上）

（旁白）"金鸡报晓了，太阳出山了，大地苏醒了，人民解放了，解放军来了。共产党来了，毛主席来了，姐姐妹妹们站起来了！昔日烟花女，今日自由人！"

解放了的烟花女子们在劳动学习班里围着穿着解放军军装的

干部,欢快地跳着舞。

影院放映场子里掌声雷动。

旗袍陈的眼泪潸潸地从她那美丽的大杏核眼睛里滚落,淌满她丰腴脸颊的泪珠反射着银幕的光芒,晶莹闪亮。

连庆有点懵。

16. 派出所 （日）

连庆端着两个褐色的广口奶瓶,对大季说:"陈姐挺好的,模样长得俊,说话声音也好听,说真格的,我当兵这么多年,走遍半拉中国,还不知道咱中国人有这样说话的呢。"

大季认真地听着他说的话。

旁边那个女警察搭腔:"哎呵呵,郭连庆同志,你说话也不怕大风闪了舌头,你不就是从唐山参军,跟着部队打天津后来到了北京。说了半天,你还没出河北省呢,就敢说走遍了半拉中国?你知道中国有多大个儿吗?"

连庆正想还嘴,大季替他打圆场:"哦,陈素伦是南方苏州人。说话声音软,不过嘛……"

连庆瞪一眼那女警察,扭过头问大季:"不过啥?"

大季怔一下："不过是挺好听的。哎，连庆同志，你就没发现她有什么别的情况吗？"

连庆："情况？啥情况？你叫我留神点陈姐，我还真在意一阵子。她这人心眼子软，影院放映《姊姊妹妹站起来》的电影，她看得直流眼泪。"

大季显然很在意连庆说的这句话。他掏出小铜烟袋锅，若有所思地没顾上装烟叶子，就点火嘬了起来。

连庆接着说："她还助人为乐。打我拾着小黑影这孩子，要没有我们经理和陈姐的帮助，那可瞎了。你瞅瞅……"他说着一举手中的瓶子，"陈姐天天给孩子打奶，这得花多少钱呀？可这孩子嘿，愣是不吃牛奶，就爱吃我给她打的面糊糊。"

女警察："你这叫抠门儿。人家旗袍陈可是大家闺秀，据说她是为了逃避不幸福的婚姻才跑到北京参加工作的。"

连庆："你少叫人家外号啊！还警察呢！喊！"他扭头把奶瓶蹾到桌上，接着对大季说："我跟她说了多少遍了，叫她别瞎糟践钱，可她还是天天打。"他说着把瓶子里的奶倒进桌上的大茶缸子里，"来，你们喝了吧，别糟践了。"

大季这才觉察到烟袋锅里没装烟，他重新装烟："她的身世是不幸的，一个年轻姑娘抛家舍业跑北京来，也算是个烈性女子……你刚才说她哭了？她看啥的时候哭的？"

连庆顺手抓起桌上的火柴："看电影《姊姊妹妹站起来》里的姐妹叫解放军救出来的时候哭了，那眼泪把她胸脯子都泡湿了。"

他擦燃火柴给大季点烟，不料火苗腾起，将大季稀稀拉拉的胡子点着。

大季被呛得直咳嗽，抓起桌上的茶缸喝了一大口。不想他"噗"地一下喷了出来："这是啥东西呀？"

连庆："喝吧，牛奶！"

大季："哎？这是牛奶呀？不对味！"

连庆："是牛奶，这是陈姐天天上奶站打来的鲜牛奶呀，没错。"

大季又尝了一口，咂咂嘴："不是，不是牛奶！我打小就是放牛娃，牛奶啥味儿我还不知道？"

连庆瞧他说得那么肯定，犹豫了，他端起广口瓶，壮着胆子也喝了一口。

17. 影院宿舍 （日）

连庆端着那俩广口瓶穿过小夹道，急匆匆地朝影院小后院宿舍走去。

当走到宿舍门口正要拉门时,突然他好像从门玻璃窗上看到了什么,猝然止步,闪到门边,脸上一阵紧张。半晌,他定住神,从窗台上悄悄抓过一角破镜子,背着屋子举起来,他瞪着破镜子,眼睛直了——

破镜子里映出小黑影熟睡在旗袍陈的怀里,嘴里叼着她那结实的乳房。

18. 影院放映场子 （黑）

（银幕上）

"北风那个吹／雪花那个飘／风天那个雪地两只鸟／鸟飞那个千里／情意那个长／双双落在树枝上／鸟成对／喜成双／半间草屋做新房／半间草屋做新房。"

喜儿（田华饰）对着镜子将一朵鲜花插在头上,镜子里映出她那漂亮的脸庞。

"雪花飘飘在门外／镜子里头鲜花戴／鲜花戴在心头上／年年月月开不败／唉咳唉咳呀,开呀开不败。"

旗袍陈的眼圈又看红了。

办公室里,大季领进起得猛,对经理说:"我跟他谈好了,起得猛就安置在你们影院里工作,您以后还要多帮助他。"

经理:"电影院是一个受教育的好地方,你在这里工作,多看点电影,思想就进步快了。"

起得猛:"我可不看电影,我一进场,灯一黑就头晕……"

经理笑笑:"那你到机房工作。"

小天井里,经理推过一辆自行车:"你以后负责跑片子,记住,别喝酒误事!"

起得猛骗腿上车,车子稳稳地原地定住。

19. 影院美工室 (日)

一支蘸了颜色的板刷在海报牌子上勾勒出一只举着驳壳枪的手。

脑袋修饰得锃光瓦亮的美工拨开脚下摆满的调色盘,在窄小的美工室里退后两步,眯起眼睛看着。

巨大的海报牌子上画出赵一曼举着驳壳枪高声呐喊的形象。

"你这盒子炮缺一个二机头!"

美工回过头,见连庆搂着小黑影蹲在他后边,聚精会神地看他画画。

连庆指着海报说:"你只画了一个大机头,大机头是枪的撞火,二机头是枪的保险,你没画上枪保险。"

"到底是军人出身。"美工拿笔刷蘸了蘸颜色,"在哪儿?画这儿?"

连庆:"再往上一点,对,就这儿。"

美工画上枪保险,得意地一甩刷子。他身后连庆的脸上顿时五颜六色了。

连庆"哎哟"一声,退步一闪,他身边的小黑影一个屁股蹲儿坐到调色盘里。

美工看着连庆的大花脸笑了。

连庆一把拽起小黑影,让她趴在自己的膝盖上,撩开开裆裤,露出肥胖的小屁股。他挽起袖口一把一把地抹着她屁股上的颜色。

小黑影也咯咯笑了。

爽朗的笑声中,小黑影的屁股越抹越花。

连庆往袖口上吐口唾沫,使劲地又抹了一把,小黑影笑得愈发响亮。

小黑影咯咯笑得全身颤抖,她趴在连庆膝盖上使劲地仰起了脑袋,我们看到——小黑影长成五六岁的大姑娘了。

20.1957年 影院门外 （黄昏）

"阿哥阿妹的情意长/好像那流水日夜响……"

《芦笙恋歌》的大海报挂了出来。

票房的小窗口紧闭，上边挂着一块"明早八点售票"的小牌子。

门前早早地排起了长长的等着买票的队伍。

大四拎着一兜子小人书挨着排地招揽生意。一个排队的年轻人在他兜子里翻了半天，拣出一本电影连环画《桥》。

大四："这本二分。"

"不是一分钱看一本吗？这本你怎么要二分呀？"

大四："这是电影的，你仔细瞧瞧！这是建国后咱们国家拍的第一部电影。要你二分还多？"

年轻人不再还价，掏出二分纸币。

连庆抱着小黑影就着休息室玻璃门的门缝，努力往外看着队伍里一个系着大蝴蝶结的女孩。那女孩搂着一个眼镜男人的腰，很亲热的样子。

小眯缝眼马扎子拎着一个马扎儿趁人不备加塞儿进队伍里，被那看小人书的年轻人一把薅了出来。

马扎子讨了个没趣，一眼看到门里的连庆，凑上来："嘿，哥们儿,还记得咱吗?忘了?上次咱还帮你揍吃糖葫芦那丫的来着?"

门里的连庆瞥他一眼,"唰"地一下拉上了门帘。

天渐渐暗了,淅淅沥沥地下起了小雨。

马扎子沮丧地把马扎儿遮在头顶上,溜回到买票的队伍跟前。忽然他看到队伍中那系着蝴蝶结的女孩紧紧地搂着身边的眼镜男人,拥抱着挤到一把伞下。他一掰马扎儿,一屁股挤到那男女前边的队伍里坐了下来。

还未等他坐稳,屁股上就挨了一脚,他一个狗吃屎栽到泥水里。

"加什么塞儿嘿!后边排队去!"

马扎子起身,抡起马扎儿扬手就砸,不想他脚下一滑,又来个屁股蹲儿。砸起的泥水溅到排队的人群,顿时,队伍乱了方寸,嘈杂哄乱起来。

雨稀里哗啦地越下越大。

大季带着几个警察赶来,挥着两头白中间红的木头指挥棒维持着秩序。

混乱中,马扎子被拥挤的人群踩到地上,满头满脸全是泥汤子。

影院的玻璃门后边的帘子又被拨开,露出小黑影咯咯笑的小脸。

21. 影院 （日）

"嘭——!"惊天动地。检票门洞开。

小黑影惊骇地瞪大眼睛,举着票的人们像决堤的潮水,铺天盖地涌来。人群将她挤得东倒西歪,她眼前晃动着森林一般的大腿。

连庆把门检票,高举双手,一把一把撕着抓在人们手中高举着的电影票。

纤弱的旗袍陈被裹进观众人流里,涨红脸,紧张地护住高耸的胸部。忽然,一双大手拦腰将她揽进怀里,那双手护住她,不断地将挤在身边的人群搡开。

旗袍陈终于透过气来。

突然,连庆在如林的手臂中,看见一只举着一串糖葫芦的白皙手臂,连带着电影票一块伸到了他的眼前。他伸手就薅,不想涌动的人群将那只手臂卷走,他只拽下了那串糖葫芦。

场子里噼里啪啦的椅子座板的翻动声,准备开场的叮叮当当的电铃声,放映前喜气洋洋的音乐声,寻服务员找座的叫喊声，影院外的大雨滂沱声，混成一片，震耳欲聋。

"嘭——！"入场门关上，顿时，休息室里静谧无声。

旗袍陈终于掰开那紧搂着她腰的双手，定眼一看，原来是维持秩序的大季。

大季望着她那圆睁的杏核眼，方感失态，不好意思道："没，没挤着你吧？"

旗袍陈矜持一笑，整理着腰间被挤开的扣子。

连庆望望手中的糖葫芦，望望紧闭的入场门，一阵发呆。

突然，入场门打开一道缝，探出一个肉乎乎的脑袋："师傅，麻烦您把那只鞋递我！"

连庆低头一看，才发现休息室地上散落一片被踩掉的鞋子。

"那只，边上那只，嗨！——是那只五眼鞋。"

经理从后边将鞋子扔了过去，肉脑袋接过鞋缩回了场子里。

连庆一片茫然，他慢慢地举起手中的糖葫芦一看——光秃秃的一根竹签。

他身后的小黑影手中捧着一把从竹签上拔下来的糖山楂，嘴里塞得满满的，俩腮帮子撑得像肿起来一样。

《芦笙恋歌》歌声大作：

"阿哥阿妹的情意长/好像那流水日夜响/流水也会有时尽/

阿妹永远在我身旁。"

"阿哥阿妹的情意深 / 好像那芭蕉一条根 / 阿哥好比芭蕉叶 / 阿妹就是那芭蕉心。"

22. 影院放映场子 （黑）

（银幕上）

英俊的扎妥对着娜娃含情脉脉地吹着芦笙。

美丽的娜娃坐在挂在树上的藤条上，荡在半空。

"弩弓没弦难射箭 / 阿妹好比弩上弦 / 世上最甜要数蜜 / 阿哥心比蜜还甜 / 鲜花开放蜜蜂来 / 鲜花蜜蜂分不开 / 蜜蜂生来就恋鲜花 / 鲜花为着蜜蜂开。"

美丽的小雯看得全神贯注，她甩搭着一只光脚丫，忘我动情。

23. 影院休息室 （日）

经理带着旗袍陈一行人捡着掉在地上的鞋子，不一会儿，装满一垃圾箱各式各样的鞋子。

土箱被抬到桌上，连庆把那糖葫芦签插在箱子缝上，竹签上挂一纸条，写着"认领"。

甜蜜的歌声不断从场子里冒出，不绝于耳：

"燕子双双飞上天 / 我和阿妹打秋千 / 秋千荡到晴空里 / 好像燕子云里穿。"

街上，大雨还在没头没脑地下着，雨珠在地上砸起元宝大的雨点。

24. 影院门口 （雨）

大四脑袋上顶着一麻袋片儿，缩在影院门口《芦笙恋歌》的大海报牌子底下。

他望着雨中的马扎子："嘿，电影都开演半天了，你怎么还不进去呀？"

马扎子腋下夹着马扎儿淋在雨中，痴迷地望着海报上漂亮的娜娃："昨天我弄的五张票全叫我们厂长书记给要走了，没我份儿了。"

大四："你够能拍你们厂长马屁的，他们给你钱了吗？"

马扎子白他一眼，又专注地看着电影海报。

天渐渐暗了下来。

25. 影院休息室 （黄昏）

土箱里的鞋子被认领空了，连庆呆呆地望着里面最后一只一字带条绒女鞋。

"吱呀"一声，连庆吓了一跳，下意识地将那鞋子抓了起来。他抬头只见休息室的玻璃门被推开一道缝儿。

一个身穿背带裤、胸前别着一枚校徽的女孩的苗条身影侧身闪了进来。

连庆的眼睛直了，他望着眼前这端庄女孩的美丽脸颊，一时呆住。

小雯一只脚上穿着一字带条绒布鞋，一只光着的脚上是宽道花袜。她迈着略微内八字的步子，慢慢地，慢慢地朝他走来。

连庆有点晕眩，慌忙中将手中的鞋子丢在了身后地上。

站在他身后的小黑影趁机一屁股将鞋子坐在了身下。

女孩过来，看看空空的箱子，问："你看到我的鞋子了吗？"

连庆支吾着："没有哇。"他看看小雯的脚，"没有看到你这样的鞋呀。"

小黑影把那鞋子压在屁股底下一动不动，一副装傻充愣的样子。

小雯不信任地转动着眼珠，瞥瞥墙上的电影图片，半响，眼

•写/好/剧/本

睛又轻蔑地落在连庆的脸上。

连庆躲闪着她咄咄逼人的目光,狡猾地说:"这样吧,你留个地址,等我们找着你的鞋给你送家去。"

小雯很失望,她扯下一块纸片,写下地址。

连庆伸手要接,小雯闪过他的手,一下将纸条插在那支糖葫芦签上。

连庆连忙拿出自己的一双新鞋:"你先穿这双走,外边下雨呢。"

小雯清高地翻他一眼,弯腰脱下另一只脚上的鞋袜,光着两只嫩嫩的脚丫,跑出影院,啪嗒啪嗒地消逝在白茫茫的雨中。

连庆回头看看纸条上的落款——于小雯。

26.影院放映机房 (日)

"你是我的心/你是心灵的歌/快来吧/趁这黑夜还没散/快来吧/你快来吧/我的爱/抬头只见月亮在高处/不见我的心上人来/留我一个独自在徘徊……再过片刻东方就要发白/心上人啊你为什么还不来。"

倒片机上的两个片轮叫小黑影摇得飞转。她摇得满头大汗,玩得很开心。

场子放映着电影《流浪者》，丽达的歌声委婉动听。

跑片回来的起得猛拎着俩兜子拷贝片上楼进门，他拨开小黑影，在倒片轮上安上拷贝片，捯起片子来。

小黑影冲他做个鬼脸，百无聊赖地爬上高凳，趴在观察孔上看起电影来。

她透过小孔看到场子里的连庆随着银幕上拉兹的歌声激动得手舞足蹈。

"到处流浪 / 到处流浪 / 命运叫我奔向远方 / 奔向远方。"

"到处流浪 / 到处流浪 / 我没有约会也没有人等我前往。"

连庆似乎不能自持，他站在场子后边，舞着手电筒，撅着屁股扭个没完。

小黑影莫名其妙地望着他的高兴劲儿，很不理解。

27. 影院宿舍 （晚）

连庆攥着小雯留下的纸条对着镜子兴奋得手舞足蹈，嘴里哼个不停："阿巴拉古，阿巴拉古，呜呜唔呜呜，阿巴拉古呜呜唔呜呜……"

他对着镜子里精心给他梳理头发的旗袍陈："陈姐，我的英文歌曲还不错吧？"

旗袍陈纠正道:"这不是英文,这是印度语!"

小黑影蹲在屋角痰盂上解手,她很不耐烦地看着旗袍陈从挎包里拿出一个很讲究的小玻璃瓶儿:"这首歌不好,太凄凉。"她语气中透着伤感,"不如《芦笙恋歌》里唱得使人快乐。"

连庆没理会她说的话,仍幸福地对着镜子左右分着头发。

旗袍陈翘着兰花指,从瓶里抠出一块发蜡正要抹到连庆头上,突然,小黑影拎着裤子小狼一样地蹿上来,一下骑到连庆脖子上,双手紧紧护住他的脑袋。

连庆叫她撞得东倒西歪,手中纸条被甩掉,飘进地上痰盂里。

"哎哟喂,下来下来,你把我刚梳好的头发都弄乱了……快下来!"

旗袍陈很快镇静下来,她拍拍手,摊开双掌,示意抱小黑影下来。

小黑影不为所动,瞪着一双小眼,警惕地盯着旗袍陈。

连庆忽然惊呼:"哎,我的地址条呢?"他脖子上驮着小黑影急得在屋子里团团乱转。

终于,他从痰盂里捞出那浸湿的纸条。

28. 小雯家胡同 （日）

透过明媚的阳光，连庆仰着脑袋，眯缝着眼睛努力想辨清纸条上被泡得模糊不清的字迹。许久，他失望地放下纸条，活动着仰酸了的脖子。

静悄悄的胡同里，一个接一个的青砖灰瓦的门洞儿使他感到很茫然。

他无奈地吼了一声："到处流浪！"

空洞洞的胡同里"嗡嗡"地撞击着他的回声。

连庆似乎感觉到了什么，索性扯开嗓子高唱："命运虽如此凄惨/但我并没有一点悲伤/我一点也不知道悲伤/我忍受心中的痛苦/幸福地来歌唱/有谁能禁止我来歌唱/命啊/我的命啊/我的星辰请回答我/为什么这样残酷地捉弄我/到处流浪/到处流浪/命运叫我奔向远方/奔向远方。"

连庆晃荡着膀子走在胡同里，一声比一声高，唱得兴起，唱得粗野。终于，嗓子劈了，声音很是难听。

"吱呀"一声，拐角一座门楼的斑剥的黑漆大门开了一道缝。

连庆扭头看见门里露出小雯俊俏的脸庞。他惊喜地迎上去，哑着嗓子："嗨，你们家住这儿呀？我找老半天了。"

小雯掩在门里听着他那哑了的嗓子，很甜地一笑。

· 写 / 好 / 剧 / 本

"你留给我的地址叫尿泡了……哦,是洗衣服的时候泡了。"

小雯笑了。

"这是在我们影院休息室椅子底下旮旯里找着的。"连庆说着递过一个纸包。

小雯接过来纸包,抿嘴矜持地一笑。

连庆:"你们家住几间房呀?地儿大吗?"他说着就往院子里挤。

小雯身子一缩,大门合成一道小缝,将他顶在外边。

连庆嘿嘿一笑,不好意思地一屁股坐在抱鼓石上:"哎,你特爱看电影吧?我也爱看。我就是因为喜欢电影才到影院工作的。哦,对了,你爱看打仗的还是爱看搞对象的呀?"

小雯又将院门敞宽,笑而不语。

"以后我给你送电影票吧,我们单位经常有处理票。哦,也不算是处理,反正就是可以搞到好票。对了,你看过《智取华山》吗?就是王心刚演的那个连长。"

小雯微蹙眉心。

连庆忙改口:"噢,不是王心刚演的,是郭允泰演的连长,我记串了,嘿嘿。"

小雯忽闪着大杏核眼,很有兴趣地听他的碎嘴唠叨。

"嘿，你看那电影里的大山漂亮吧？我们家就住山根儿底下，不过没电影里那山漂亮。我们家跟你们家一样也是这么大个院子，嗯，你们家谁在家呢？我跟你说话你妈不说你吧？"

他说着起身又想往门里探头探脑，不想撞到一个身材魁梧的男人。

小雯父亲看连庆一眼，从小雯手里抓过那个纸包，打开，见是那只布鞋。

连庆哑着嗓子紧着说："大叔，我是给小雯送鞋来的……"

雯父："谢谢你。"

"不客气，这是我应该做的……"没容他话说完，院门"咣"地在他面前关上。

那对锈迹斑驳的铁门环，嘲笑般地在他鼻尖前面"嘎嘎吱吱"地晃个不停。

29. 影院宿舍 （日）

两只胖胖的小手指头伸出来，在连庆目光呆滞、半张嘴巴的木讷的脸前晃晃。

连庆傻傻地坐在床边丝毫没有反应。

小黑影搬过一把椅子，站上去，伸手摸摸他的脑门儿，又贴贴自己的脑门儿。

她跳下椅子,从泡着衣服的钢种锅里拧出一块毛巾敷在他脑门儿上。

裹在毛巾里的一只花袜子淌着的汤水,顺着连庆的鼻尖流到他的嘴角。

连庆无限懊悔地自语道:"我不如听陈姐的,唱《芦笙恋歌》呢。"他说着舔了一下流到嘴角的水珠。

小黑影关切地说:"你病了。"

连庆惆怅:"我病了?什么病?"

小黑影:"猪八戒想媳妇的病!"

连庆昏昏沉沉,不想理她。突然,他感觉嘴里味道不对,又拿舌头舔了一下,伸手从额头拽下毛巾,看到里面裹着小黑影脏兮兮的臭袜子。

"你这他妈尿孩子!"连庆起身就追,不想一脚砸瘪了地上泡着脏衣服的钢种锅。

小黑影咯咯地笑得浑身直抖。

"啪",那团臭袜子冲他拽来,小黑影抽身跑出门外。

臭袜子砸到门玻璃上,黑汤儿顺着玻璃淌下。

30. 影院放映场子 （日）

银铃般的笑声伴着小黑影跑过院子，穿过休息厅，撞进了黑黢黢的场子里。

现在是停演时间，场子里静谧无声。

小黑影在一排排座位底下钻来钻去，终于她猫腰藏好，使劲捂住憋不住要笑出声的嘴巴，全身还兴奋地抖个不停。

场子里静得像掉根针的声音都可以听到，忽然，传来"唰唰"的扫地声。她低头顺着椅子下边的空当朝前看去，看到了旗袍陈那穿着黑礼服呢面鞋子的脚。旗袍下摆露出裹着玻璃丝袜的浑圆的小腿。

小黑影收敛了脸上的笑容，眼睛里平添几分说不清的内容。

旗袍陈两手各拿着一把扫帚，左右开弓地扫着两排椅子中间的空当。

小黑影伏在地上，呆滞地望着她那双移动的周正的脚。忽然，她看到一双穿着大头黑皮鞋的脚挡在了旗袍陈的脚前面。

旗袍陈的脚转个方向，朝后边快步走去。

小黑影跟着她的脚步移动，她又看到那双大头皮鞋还是抢先拦在了旗袍陈的脚前边。

小黑影欠起身,透过椅子背中间的空隙看到——是警察大季。

·写/好/剧/本

　　大季递过一个纸包："这是我给孩子搞来的糕干粉，还有一点肉松，有营养。"

　　旗袍陈连连摆手："你还是交给连庆吧，这个孩子跟我没有关系的，不关我的事。"她说完觉得唐突，顿时深感不安，低下了头。

　　小黑影听罢眉心拧到一块，眼睛瞪得像杏核。

　　大季看着旗袍陈笑笑，笑得很憨："唉，对了，孩子的户口我办下来了，你瞧！"他拿出一沓材料，"登记完了就可以有户口本了，每月粮食定量17斤半。"

　　旗袍陈眼睛一亮，掩饰不住地高兴："谢谢大季同志，这，真是太好了。"

　　大季："只是，这孩子叫什么名字呢？哦，她应该姓什么呢？"

　　"姓陈！"旗袍陈脱口而出。

　　"我不姓陈！"小黑影"腾"地站出来，大吼。

　　空荡荡的场子里"嗡嗡"地响着她稚嫩的回声。

31. 影院经理办公室　（日）

　　"姓陈好！"经理高兴地对着准备填写户口的大季说，"陈素伦同志为这孩子可没少操心，亲妈也不过如此。姓陈，就姓陈。"

"嘁！"躲在连庆身后的小黑影狠狠地把办公室墙角的痰盂踢了一脚。显然她不满意姓陈。

连庆拎着那瘪了的锅，表情很复杂，不知说什么好。

影院里的几位职工都不说话，大家对这个问题一时无措。

半晌，起得猛说话了："这不大合适吧，旗袍陈还是个姑娘……"

"别叫人外号，跟你说过多少回了，不长记性。喊！"经理批评他说。

"我是说，陈，陈素伦还是个姑娘，你让她带着孩子，以后她怎么嫁人呀？"起得猛说完了意味深长地瞥大季一眼。

"说得是嘛，再说了，这孩子她妈到底是谁咱还弄不清楚，万一以后人家找来了，说这孩子姓陈了，人家一看是旗袍……"一个女职工应和着，险些说错，赶紧改口，"是小陈养活着呢，也没法跟人家交代是不是？"

经理没听明白她的意思，问："有啥没法交代的？"

大季看出大家和旗袍陈有点隔阂，抬头冲连庆道："郭连庆同志，你说呢？"

连庆终于憋不住了："要不……姓郭？"

"嗵!"小黑影一脚又把那踢歪的痰盂拨拉正了。

"我看行,随连庆的姓好,他为这孩子尿一把屎一把地不容易。再说也是他拾到这孩子的,啥叫缘分?这就是缘分哪!"

大家兴高采烈地应和起得猛的话,看来他们都同意孩子姓郭。

旗袍陈小声嗫嚅着:"姓郭?姓郭蛮好……"她极力克制着内心的激动。

"好,那就姓郭了!"大季拔下钢笔帽,"可是,大名叫啥?"

连庆上前:"叫郭黑影吧,她在黑影里生的,有纪念性。"

大季填写着登记表:"郭黑影,嗯,不难听。"

连庆提醒他:"郭黑影的'影'字您写电影的'影'啊!"

小黑影拽拽他的衣襟,小声地问:"为什么要写电影的'影'?"

连庆看着她的眼睛,感慨地说:"因为你是电影里生的!"

32. 影院放映场子 (黑)

(银幕上)

八连连长(高保成饰)高喊:"把所有的机枪都拉到坑道口去!"

马克沁机枪架到坑道口,枪口喷出一道道火舌。

上甘岭阵地前面倒下漫山遍野的美国鬼子。

一个机枪手倒下了,后边的又补上一个。坑道里一排战士勇敢地迎接着牺牲。

坑道里受伤的战士们给各式机枪弹夹里压着子弹。

眼睛被打瞎的张连长摸索着往一支苏式转盘枪里熟练地一颗颗地压着子弹。

"哒哒哒哒!"的机枪声似重锤敲击着人们的心灵。

机枪的"哒哒"声慢慢转化为"铛铛"的盖戳儿声……

33. 票房 (日)

"铛铛铛铛……"一只缠着皮筋的手飞快地翻捻着成沓的电影票,另一只手像机器一样往票上打着号码戳儿。

人头攒动,订团体票的将小票房塞得满满当当。人们将打票员围得水泄不通。

"该我们单位了吧,卫生用品厂的,145张。"

"我们五金工具厂的票打好了吗?"

"区房管的,区房管的!我们主任说了,这次说什么也得来

·写/好/剧/本

10张中间的,不然你们影院房子以后再漏雨不管修了。"

34. 票房外 （日）

《上甘岭》海报牌子下边排起了长龙似的队伍,弯弯曲曲不见队尾。

马扎子抱着一大摞铝锅铝盆睡眼惺忪地沿着买票的队伍跑来,不时地寻找着加塞儿的空当。终于,他看到救星似的摆小人书摊的大四:"大四,我叫你昨天帮我排队占的个儿呢?"

大四:"我早晨给我妈上医院排队挂号看病去了,这不,我也刚来。"

马扎子急了:"嘿,你他妈真孙子,耽误我大事了。"

大四:"我妈病了不是大事?就你厂长看电影是事?马屁塞子!"

马扎子顾不得再理他,直奔票房门口跑来。

"嘭!"票房门弹开,连庆举着两张电影票兴高采烈地从里面冲出来,将刚跑到门外的马扎子撞出一溜滚儿。马扎子抱着的铝锅铝盆滚落一地。

连庆从海报牌子底下推起自行车蹬起来就跑。

马扎子紧着收拾起满地的铝锅铝盆。

影院后门看小人书的小黑影看见连庆骑车走了，起身放下了手中的小人书。

35. 街上 （日）

马扎子脑袋上顶着铝锅紧追着骑车的连庆："哥们儿哥们儿，要锅吗？我们单位处理的，便宜！"

连庆一个劲儿猛蹬，顾不上跟他说话。

马扎子跑得上气不接下气："哥们儿，你给咱弄两张《上甘岭》的电影票怎么样？嘿，你帮咱弄着了票，这锅你喜欢哪个拿哪个……白拿！"

连庆一个急转弯，拐进了一条胡同。

马扎子"嘡！"地撞到胡同口的电线杆上，铝锅铝盆又散了一地。

36. 学校墙外 （日）

连庆站在支起来的自行车座子上，隔着墙头看见从教学楼里涌出下课的学生。

小黑影若无其事地走过来，悄悄地伸手把他自行车脚支子上的卡子掰开。

·写/好/剧/本

连庆仰着脖子,终于看见小雯和一群同学走出了校门。

正要跳下车,不想,松开卡子的支架一晃,他摔了一个倒栽葱。

(街道拐角)小雯望着眼前的连庆,高兴道:"《上甘岭》!真的?太好了!可是,可是我自己会买票的,谢谢你。"她没接连庆递过来的票。

连庆紧着讨好:"票可不好搞了,第一轮全是团体票,不零售。你看,10排16号,正中间。我专门给你挑的。"他说着还不时揉着摔疼的屁股。

小雯犹豫了。

突然马扎子不知从哪儿冒出来,一把抓住连庆的手腕:"哥们儿,把票匀咱吧?我们车间主任家里有急事,正缺张电影票……"

连庆甩着胳膊:"嗯,你是谁呀?这儿有你什么事呀!"

马扎子:"我是铝制品厂的……你把票匀我得了,我们车间主任……"

小雯看着他俩争执着拧到了一块儿,笑笑——走了。

连庆竭力想挣脱马扎子,俩人扭作一团。

"给咱得了,要多少钱都成,我们车间主任……"马扎子絮絮叨叨地拽着连庆的衣服不松手,"我特地请半天假,没弄着票,我怎么回去……"

连庆急了,一拧他胳膊将他推进路旁的厕所里。他回身扶起倒地的车子,正要骗腿上车,马扎子又从厕所里钻出来:"哥们儿,人家也不要你的票,你留着也没用,给咱……"

连庆摔下车子,过来又将他揉进厕所。正要转身,厕所门"啪"地又被他撞开,连庆急忙顶住厕所门,随手拽过墙角一根小腿粗的树权子将门牢牢顶住。

他拍拍手,扶起车子,朝着小雯走的方向赶去。

37. 胡同一隅 (日)

连庆推着车子气喘吁吁地撵上小雯:"我特地给你送票来的,我没别的意思。你看,我还特地挑你下课的时间。"

小雯望着他衣衫不整的样子,抿嘴笑笑,犹豫着。

连庆:"这电影里有我们连长,我看见他了。"

小雯奇怪地问:"你们连长?电影里有你们连长?"

连庆得意了:"是我们连长,没想到他到了朝鲜前线,还上了电影!"

小雯不得其解。

连庆:"你一看就知道了,我给他当通讯员的时候,他一打仗就要水喝。现在在电影里毛病还没改。"

小雯:"你当过兵?"

连庆:"是呀,当过。我十四岁就入伍了。"

小雯望望眼前的电影票,望望连庆憨厚的脸,云里雾里的。

38. 公共厕所 （日）

厕所的木板门被踹得山响。

小黑影搬倒顶着门的树杈,门"嘭"地开了,马扎子从里面跌了出来。

他顾不得险些被砸倒的小黑影,划拉起地上的铝锅铝盆,起身跑了。

39. 街上 （日）

小雯从胡同里出来,看到马扎子蹲在胡同口眼圈发红。

她上前纳闷地问:"你怎么了?他打你了吗?"

马扎子难过道:"你不知道,我们车间主任三辈单传就一瘸儿子,好不容易说了一个德胜门外那边的郊区媳妇,人家这两天进城来,就想看场电影。我们主任特地放我半天假,叫我买票，现在票没买回去，他非得划我半天旷工不可。"

小雯想想，伸手把票递给了马扎子。

马扎子眨着眼："可是，还缺一张呢……"

小雯一转眼珠像想着什么。

40. 影院放映场子 （黑）

（银幕上）悲怆的大合唱中，凝固的战斗画面之上，赫然推出片名——《上甘岭》。

连庆一身整齐的旧军装，踏着音乐的节奏，举着两串糖葫芦、一包杂拌儿气宇轩昂地进了场子。他很熟悉地就找到了座位，侧身进去在"小雯"身边坐下，顺手递过一串糖葫芦。

旁边的女孩毫不客气地接过来就吃。

银幕上炮火轰鸣！

41. 影院门外 （日）

马扎子身边的一个瘸腿男人不耐烦地催着："开演半天了，咋还没票呀？要不你叫我对象出来吧，我们不看了。"

马扎子焦急地看看小雯。小雯则胸有成竹。

42. 影院放映场子 （黑）

女孩把两串糖葫芦吃个精光，伸手一把把抓着连庆殷勤举过来的纸包里的黑枣。

连庆一脸幸福，举着纸包的手都微微颤抖，不时掸掉女孩"噗噗"地吐到自己身上的黑枣核。

（银幕上）

七连连长："同志们，嚷什么，这是党交给我们的任务，现在不管七连八连，是共产党人都举起手来！"

"我们青年团员呢？"美丽的卫生员王兰急切地问。

七连连长："也举手！"

坑道里举起如林的手臂。

音乐声大作。

连庆看得情绪激奋，庄严地跟着电影里的战士们举起了拳头。

旁边的女孩莫名其妙地看看他，伸手扒开他举起的拳头，去掏他另一只手中纸包里的黑枣。

连庆不高兴了，歪头嗔怪地一瞥，顿时懵了：他眼前是一个硕大脸盘儿、肥头大耳、高颧骨,像红肖梨一样的乡下姑娘。

43. 影院门外 （日）

连庆冲着马扎子就扑过去:"我一猜就是你他妈捣的鬼!"

马扎子吓得躲到小雯身后。小雯拦住连庆,伸出手:"还有票吗?"

连庆在小雯面前顿时老实了,下意识地掏出票递了过去。

小雯接过来,随手就塞给了马扎子,马扎子立刻给了瘸子。瘸子颠着脚一溜烟地钻进了影院。

连庆怒不可遏,又要去薅马扎子,小雯一把拽住他的衣袖。

马扎子趁机跑没影儿了。

小雯拽着连庆:"唉唉唉……"

连庆被她拽得一溜趔趄,当他在她面前站稳时,顿又恢复绅士风度。

小雯尴尬地一笑:"呵呵……没什么,谢谢你的电影票。"说罢,转身走了。

连庆呆若木鸡,惆怅地望着她的背影,一时无措。

玻璃门里的小黑影得意地捂着嘴笑了,冲他做个鬼脸。

连庆被激怒了,跑过来隔着玻璃门冲她发横,小黑影吓得掉头跑开。

突然，他的肩膀被人拍了一下，他一回头，见是小雯回来站在他身后。

"你说过你当过兵，是吧？"

连庆一阵惊喜："是，当然当过……"

"噢，要不你这么爱打架呢。"小雯踮着脚尖，显得很不在乎。

连庆紧忙说："可惜你没看《上甘岭》，那里面就是我当年的连队，我要不是那什么，那什么……现在肯定也是上甘岭的英雄！"

小雯开玩笑道："那你怎么没参加抗美援朝哇？"

连庆支吾了："我？我，我是那什么……唉，我还不是因为你……"

"讨厌。"小雯生气了。她扭身要走。

连庆急忙拦在她面前："真的，不信你问我们经理去。"

小雯翻棱着大杏核眼，看得出她想戏弄一下这个毛头小子。

44. 影院休息室 （日）

"一条大河波浪宽／风吹稻花香两岸／我家就在岸上住／听惯

了艄公的号子／看惯了船上的白帆／这是美丽的祖国／是我生长的地方／在这片辽阔的土地上／到处都有明媚的风光……"

场子里传出郭兰英为《上甘岭》配唱的插曲。

起得猛："经理不在，上电影公司开会去了，不过你的事我门儿清。"他收拾着跑片的"飞鸽"车，满嘴酒气，说话有点大舌头，"你不就是傅作义投降那年，一块叫解放军关起来了嘛！"

连庆："瞎说，我是进城的解放军战士，我啥时候叫解放军关起来了？"

起得猛："没关？……瞧我这脑子，我记岔劈了。对对对，你是叫俩戴红箍的军人押电影院来的。"

"那，那，那是我掉队了，军管会的同志送我来参加电影院的工作！"

小雯开始听得认真了。

起得猛："那，那时候你还哭，后来那俩戴箍的军人把你枪下了，是啵？"

小雯插嘴："哦，我明白了，原来你是个——逃兵？"

连庆急了："我转业到地方工作，当然得上交武器了。起得猛，你瞎说些什么呀你！"他说着把手边的茶杯砸了过去。

杯子贴着起得猛的耳根划过，砸在刚从美工室里抬出来的海报牌子上。海报上画着身穿海魂衫、举着手枪高声呐喊的赵丹——片名《海魂》。

起得猛晕得乎地扭头问:"哟,啥响了?"

海报后边陡然冒出脸上全是茶叶沫子的小黑影,她手里拿着摔碎的茶杯碴子,气哼哼地过来,狠狠地朝起得猛的车胎扎去。

"嘭!"车胎爆了。

起得猛又一怔:"又啥响了?"

自行车被炸得跳起来,后架上的片筒掉地摔散,胶片蛇一般地滚开。

场子里爆发出雷鸣般的掌声。歌声大作:"好山好水好地方/条条大路都宽敞/朋友来了有好酒/若是那豺狼来了/迎接他的有猎枪。"

小雯慢慢跟着抬走的海报,眼睛盯着上边的赵丹,一片痴迷。

地上的胶片似群蛇出洞,越滚越长。

45. 影院放映场子 （黑）

（银幕上）

陈春官（赵丹饰）激动地站起来,对身边准备起义的士兵们说:"好!分头通知,半夜两点,口令是——'海魂'!"

窦二鹏(崔嵬饰):"半夜两点,口令——'海魂'!"

老雷头(高博饰):"半夜两点,口令——'海魂'!"

书记官(康泰饰):"口令——'海魂'!"

小雯看得兴奋地攥紧了拳头。

46. 影院 （日）

小黑影隔着窗子看见楼下连庆在街上买了两根冰棍,行动诡异。

她急忙从楼上机房跑下来,在休息室里撞上连庆。

连庆摊开空空的双手,冲她做了个俏皮的手势。

小黑影很大度地转身走开。趁连庆不注意,她飞快地从饮水桶后边一个大茶缸里掏出那俩冰棍,剥开纸,狠狠地在每根上边咬一大口,然后又把纸包好,塞进了茶缸。

47. 影院放映场子 （黑）

(银幕上)

陈春官激动地说:"雷头,时候到了,打钟!"

·写/好/剧/本

老雷头在左肩头系上起义标志——白毛巾,奋力敲响铜钟。

陈春官站上甲板举起勃朗宁手枪,吼道:"占领炮位,封锁舱口,我们起义了!"

起义士兵和顽固的国民党军官展开生死搏斗。

连庆背手拿着两根冰棍从走道摸黑过来。

(银幕上)

一士兵闯进舰长舱报告:"舰长,他们造反了!"

舰长(刘琼饰):"什么?造反?"

"我也反了!不许动!"士兵抽出他行李箱中的左轮枪。

舰长冷笑,步步逼近。

陈春官冲进来,拔出匕首刺去,匕首深深地插进壁柜门。

舰长趁机拾起手枪。"咣——!"一声枪响,舰长晃摇着身子倒下了。

老雷头站在门外,望着手中冒烟的手枪。

连庆摸到小雯的座位边,伸手递过冰棍。

小雯看得目不转睛,接过冰棍,剥开就咬,丝毫没注意冰棍只剩下半截。

躲在楼梯拐角的小黑影从嘴里吐出两段冰棍,张开大嘴不住地哈着冷气。

她看看手心里的两大块冰棍,很得意地慢慢嘬着。

(银幕上)副长(陈述饰)与窦二鹏在船舱里你一枪我一枪地射击。俩人追击上甲板,窦二鹏打倒副长,一掐脖子一抠屁眼将其举起,"嘭!"重重地摔死在甲板上。

全场鼓掌,马扎子的巴掌拍得飞快。

小雯笑了,她剥开第二根冰棍,才诧异地发现冰棍只有——半截。

48. 影院宿舍 (夜)

小黑影把裤管捋到膝盖上,坐在床边从一个旧饼干桶里掏出一截截旧胶片头对着电灯照着:"咦!王心刚没有了,赵丹也没有了,咦,李亚林和孙道临怎么都没有了呀?"

蹲在地上给她洗着小脚丫的连庆支吾着:"是吗?没关系,赶明儿起得猛再有断片头子我都给你留着。好了,睡觉!"他回手把洗脚水泼出门外,起身给小黑影铺好被子,安置她钻被窝躺下。

连庆挨她身边躺好，拉灭电灯，屋子里一片黑暗。

树影婆娑，月朗星稀。

突然，小黑影一掀被子蹿出来骑到连庆身上连捶带打："是不是你把王心刚拿走了？……李亚林也是你拿走的吧？！"

连庆叫她鼓捣得笑不得哭不得："不是，我没拿……咯咯咯……我真没拿！"

小黑影不依不饶："就是你拿的……怎么男的都没了？"

俩人的嬉笑声把贴在窗户上的月亮都乐得直抖。

49. 翌日 街上 （日）

"这是王心刚，这是赵丹，这是李亚林……"连庆跟在小雯屁股后头把一段一段片头做成的书签送给小雯。

小雯接过书签爱不释手："嗯，有冯喆吗？我最喜欢冯喆的表演了。他在《羊城暗哨》里演的侦察员多份儿呀！"

连庆："没有，等再演《南征北战》的时候，我剪一段他的片格给你吧。"

小雯小心地把书签夹进书里，塞进了小布挎包。

连庆一眼看见她的挎包里有一块叠好的花布，问："这是什么呀？挺好看的。"

"这是我妈妈留下来的一件长衫,我想改一件布拉吉。"

"布拉吉?装什么东西的?"连庆不解地问。

"是连衣裙。"小雯差点笑出声来。

50. 小裁缝店 （日）

昏暗的小裁缝店里,老眼昏花的裁缝抖开长衫,铺上案子:"做什么样式的?"

"您就照这样子做。"小雯递过一段电影胶片。

老裁缝对着那小块片头左看右看,看了半天也看不出所以然。

连庆俯身,隔着案子伸手摘下他的老花镜,把胶片贴在镜片上,然后拉过顶棚上的滑砣电灯,对着灯光将影像放大到对面墙上。

墙上赫然出现《钢铁是怎样炼成的》中穿着布拉吉楚楚动人的冬妮娅。

老裁缝看看笑了,拿起大剪子,"咔嚓"就是一剪子。

51. 影院休息室 （日）

休息室里静谧无声。

经理看看一片狼藉、空空荡荡的休息室很是纳闷，左顾右盼不见一个人影。

经理走到男厕所门口推门而进，里面空无一人。他出来又走到女厕所门口，举手要敲，犹豫一下，终于破门而入——里面仍无人迹。

经理一头雾水。

52. 影院宿舍 （日）

经理悄声进来，见连庆撅着屁股，脑袋扎在箱子里正翻腾着什么。

经理无意间看到桌上写好的一份入团申请书，满意地拿起来看了看。

连庆拿着一件洗得发白的旧军装从箱子里拔出脑袋，看见经理，尴尬地笑笑。

经理："这是你写的？"

连庆："嗯，是……是她被批准入团了，星期天在中山公园举行入团仪式，邀请我参加，我想……"

经理："你是说那个叫小雯的姑娘吧？入团是进步的开始，看来你受她影响了，这是好事嘛。相互学习，共同进步，好事，好事！"

连庆咧着嘴不好意思地傻笑。

经理："可是你最好写入党申请书吧。"

连庆谦虚着："不，我跟她比还差得很远，我想还是先入团，再……"

经理："你还是写入党申请好。"

连庆不解。

经理笑了："你已经过了入团年龄了。"他把那入团申请书放回桌上，"连庆同志，要想成为一名合格的党员，就得时时刻刻按照党员的标准去要求自己。你看，在工作时间你跑回宿舍里来……"

连庆连忙解释："经理，我今天是晚班。"

经理："哦？那他们当班的人都哪儿去了呢？"

53. 影院休息室 （日）

"全钻场子里看电影去了呗！"拎着大片筒刚进门的起得猛满头大汗地说。

经理："看电影去了？在影院工作半辈子了，电影还没看够哇？"

起得猛:"嗨,都看那扭屁股舞去了呗!"

经理:"什么扭屁股舞?"

54.影院放映场子 (黑)

(银幕上)

靡靡的双簧管乐中,女特务阿兰扭着屁股步步逼近公安人员曾泰(于洋饰)。

留着两撇小胡子的曾泰起身:"阿兰小姐,我跳得不好。"说罢,他与妩媚的阿兰扭着屁股像斗鸡一样地对跳。

满场观众看得目不转睛。马扎子半张嘴巴,眼都直了。

服务员们都直呆呆地站在后场看着。

起得猛趴经理耳边说:"是吧?扭屁股舞。"

旗袍陈搂着小黑影搭茬:"这个不叫'扭屁股舞',这叫'伦巴'"。

起得猛白她一眼:"你啥都懂!"

连庆拿着那件军装钻了进来,银幕上的伦巴舞戛然而止。他抡起军装照着小黑影屁股抽了一下:"演好看的地方你怎么不叫我一声呀!"

小黑影白他一眼，随手扯下他手中的衣服扔在地上，用脚一跺，"咔嚓"抖动一下腰肢，一个典型的伦巴动作竟做得惟妙惟肖。

55. 小裁缝店 （日）

连庆把一套旧军装铺在案子上："您把下边这三个扣子拆了缝上，只留上边的俩扣儿就成了。"

老裁缝又懵了："把前襟缝上？那不——成口袋了？"

连庆："嗨，您不懂了是不？"他拿出一截片头，伸手摘下裁缝的老花镜，将胶片贴在镜片上对着灯光打到墙上。

墙上这回出现的是穿着苏式套头军装的保尔·柯察金。

老裁缝眯缝着眼睛看着墙上的影像，一个一个地揪下衣服上的扣子。

56. 中山公园 （日）

团旗猎猎，绿草如茵，歌声荡漾。

"让我们荡起双桨／小船儿推开波浪……四周环绕着绿树红墙……"

火红的团旗迎风招展，小雯穿着那件大开领的布拉吉格外光彩照人。

她庄严地举起拳头,面对团旗朗朗有声:"我志愿加入中国共产主义青年团……"

连庆穿着"套头衫"躲在大树后,嘴里跟着小雯默念着入团誓词。忽然,有人握住了他的手,他低头一看,是小黑影出现在自己旁边,他讨厌至极,狠狠地甩开她的手。

小黑影则很大度,满不在乎地又握住了他的手。

团支书拉起了手风琴,大家随着《真是乐死人》的欢快曲调手拉手跳起了集体舞。

兴高采烈的小雯将连庆拉进了集体舞的行列。

连庆握着小雯的手显得很不自在,当小雯拉着他单人旋转的时候,他晕头晕脑地撞到拉琴的团支书身上。

拉琴的支书一拧身子闪开了,显然对他很不满意。

小雯拽回他,手把手地教他单身转圈。连庆的身子硬得像木头一样,笨手笨脚地使舞蹈队伍方寸大乱。

同学们看着他俩会心地笑了,大家拉成圈将他俩围在中间,欢快地跳着唱着。

小雯站在连庆面前,一个动作一个动作地做着示范。

小黑影瞪着眼睛很不满她对连庆的热情,她霸道地挤到她身前，对着连庆示范起来。

连庆盯着小黑影一个一个扭腰撅臀的动作，更不得要领。

小雯隔着小黑影拍拍巴掌，示意他注意自己，不承想她情不自禁地跟着小黑影扭起了伦巴。

同学们看傻了，都跟小黑影扭了起来。

拉琴的支书怎么也跟不上节拍，他变换一下指法，轻柔萎靡的曲调终于被整理得和大家的舞步呼应和谐。

公园里的游人里三层外三层地围了上来。

小黑影领着同学们"点头哈腰"、前仰后合，跳得满头大汗、开心尽兴。

——公园秩序大乱。

57. 影院休息室　（日）

旗袍陈害怕地对匆匆进来的大季说："你要做什么？要抓人吗？"

大季意味深长地看着她惊惶失措的脸，故作严肃："这可不是我说了算的事情。在公共场所跳扭屁股舞，影响太恶劣了。分局领导交代下来的，查不清楚问题就难说了。"说罢他径直朝后院办公室走去。

旗袍陈闻罢,紧张地抓住了他的胳膊——大季一怔,下意识地捂住她的手。

慢慢地,旗袍陈从他手里抽回被他紧攥的手,转身默默走开了。

大季张开手心,手心里是一枚——光彩熠熠的钻戒。

58. 影院经理办公室 (日)

那串系着红穗、用胶片制作的书签被经理拎在手中抖楞着:"这是《英雄虎胆》里王晓棠演的女土匪阿兰,这是《一江春水向东流》里舒绣文演的花瓶王丽珍,这是《霓虹灯下的哨兵》里的女特务曲曼丽,这是《五更寒》里的小寡妇巧凤……"

一个服务员插嘴:"经理,小寡妇巧凤是好人啊,她还帮助游击队呢。"

经理:"巧凤只能算个中间人物!我们有许多正面人物为什么不学习呢?"他瞥一眼坐在一隅的大季,又对大家说,"同志们,我们的电影是团结人民、教育人民的战斗武器,可是偏偏有的年轻人看不到事物的本质,只见树木,不见森林……喊!大季同志已经把情况都介绍了,我就不多说了。"

他扭头特地冲机房的人员说:"以后机房的同志可不能再把

断了的废胶片头子扔到垃圾箱里了。"他又拎起那串书签说,"据那女学生的检查里说,这些都是从咱们倒掉的垃圾箱里捡去的。为了这,她连团籍都被取消了。"

旗袍陈闻听松了口气,她悄悄地瞥了连庆一眼。

连庆心情沉重,张口想说什么,被旗袍陈瞪住了。

经理:"这些东西被思想还没定型的小青年们捡去,会有负面影响,尤其是女特务啊,地主婆啊,烟花女啊,女落后分子的废片头子一定要就地焚毁。"

全体职工表情严肃认真地点着头。

影院小天井里,旗袍陈揉着手指上被戒指勒出的印子,对连庆说:"小雯这孩子,蛮上路的,老讲义气,值得交,脾气随我!"

连庆一脸羞愧。

59. 影院宿舍 (晚)

连庆恶狠狠地瞪着小黑影:"你知道我现在最想做什么吗?"

小黑影天真地摇摇头。

连庆说:"我现在最想抽你屁股!"

60. 街上 （晚）

大季一把拽住旗袍陈，抓住她的手。旗袍陈害怕地闭上了眼睛。

大季慢慢地掰开她白皙的手指，将那枚钻戒又套回她的手指上。

旗袍陈睁开眼看看手上的戒指，有点迷糊。

大季："我是共产党员，也是一个正直的人。"

旗袍陈望着骑车消失在灯火阑珊中的大季，有一种说不出的感觉。

61. 数月后 影院放映场子 （日）

木板座椅一片"噼噼啪啪"的翻动声，震荡得空空的场子"嗡嗡"作响。

服务员们手持墩布、扫帚在座位中跑来跑去，忙乎得上气不接下气。

起得猛一个漂亮的虎扑，跃过二排座位，扑卧到地上，他警惕的眼睛透过座椅底下与一只被撵红了眼的耗子相视。

大耗子被逼得走投无路，左右移动着爪子伺机逃命。

起得猛一溜"矮子步"左右拦截。耗子拼死一搏，龇牙咧嘴直撞过来。

起得猛身手不凡，一个漂亮的"旋风腿"，踢个正着。

被踢昏的大耗子穿过惊叫不已的女服务员们的脚下，直奔散场门，从门缝底下滚到门外。

62. 影院散场门外 （日）

一群孩子静静围坐，看着大四的小人书。蹲在地上的大四突然觉得屁股后边被什么撞了一下，他一屁股蹲儿坐在地上，半晌，伸手从屁股底下掏出一只口吐鲜血的死耗子。

他起身拎着死耗子顺着嘈杂声仰头望去，目光划过挂在影院楼上"除四害，讲卫生"的大标语，看到站在楼顶上时而挥舞着大鸡毛掸子，时而用扫帚敲打土簸箕连喊带叫的连庆。

63. 影院放映场子 （日）

旗袍陈拿着鸡毛掸子，脑袋用头巾裹得严严实实，走进银幕后边。她诧异地看到小黑影直呆呆地站在幕后。

旗袍陈看到落满尘土的幕后夹道有一块地方被蹭得干干净净，她一阵心酸，看得出这是小黑影经常光顾的地方。她上前爱怜地抚摸了一下她的头发。

"我不喜欢你摸我脑袋。"小黑影站在高大的白幕布前是那样的矮小。

64. 影院院子里 （日）

经理冲着房顶上的连庆招手，连庆灰头土脸地下楼来到他面前。

经理："连庆，你搞的那个逮耗子的家什叫什么来着？"

连庆："自动捕鼠器。"

经理："对对，自动捕鼠器，搞得怎么样了？"

连庆："够呛，一个滑砣的角度我总算不好，不好使唤。"

经理："再开动开动脑筋，早点把它弄出来，我还想让你再多搞几项像样的技术革新呢。现在别的单位都搞出'超声波'来了。咱可不能落后，你想想办法。"

连庆："我文化不灵，总算不准尺寸。"

经理："想想办法，现在提倡社会主义大协作，找找兄弟单位，求求人嘛。"

连庆若有所思地蹙起了眉心。

65. 小雯家 （晚）

小雯从高大的书架上抱下许多图纸："我爸爸是机械工程师，你想了解哪方面的知识？"

连庆心有余悸："你爸爸没在家吧？"

小雯："他在单位加班，也在大搞技术革新呢。"

连庆一听她爸爸不在家，立马来了精神："我嘛，我只想做一个能够自动抓耗子的机关。我画了一图，想请你看看……"

小雯看着图纸"扑哧"一声笑了："你没上过学吧？勾股定理不会呀？"

连庆："啥？……勾啥？"

小雯："瞧你算的什么呀，你这个偏心轮的围长算得不对，所以它转动不了。"

连庆："我知道我不会算，可是我做了许多个样板，你看……"他拿出一堆用三合板做成的偏心轮。

小雯："你都试过了？"

连庆："挨着排地都试了，就是关门的时间总掌握不好，耗子吃完食跑了这门才关上。"

小雯："哟，我看看啊……我也没辙了……"

"你这根轴儿安装的位置不对！"突然，他们后面有人说话。

俩人吓一跳，回头看，小雯叫道："爸爸。"

连庆吓得赶紧抱起了那个捕鼠器。

雯父推推脸上的眼镜，伸手拿过来看看："很简单的一个机械传动道理嘛。"

66. 翌日 影院 （日）

"啪！"捕鼠器将一只大耗子关进了门里。

服务员们都欢呼起来，经理更是乐不可支。

67. 银幕上 （黑）

（放映《我们村里的年轻人》）

小翠拿一块大镜子利用反射的阳光给洞里打洞的民工照光。

茂林（梁音饰）端着用一洗脸盆水做成的土水平仪，测绘着水平线。

一派喜气洋洋的跃进革新的景象。

68. 影院休息室 （日）

在"樱桃好吃树难栽/不下苦功花不开/幸福不会从天降/社会主义等不来……"的歌声中，旗袍陈端起"自动灭蝇枪"，一扣扳机，一支横钉在木棍上的蝇拍射了出去。

又是一阵欢呼。

"啪！"经理一踩踏板，"自动吐痰器"的翻盖支起，里面露出一个底儿被凿出一圆洞的小铝盆。

再一次的欢呼过后，马扎子端着一摞底儿带窟窿的小铝盆说："这是我们厂子的处理品，比商店里买来的痰盂还好使呢。这都给你们留下，轮换着使，又好清理又卫生。"

经理端来脸盆，张罗着雯父："多谢你们呀，'自动灭蝇枪''自动吐痰器''自动捕鼠器'的诞生，真正地体现了社会主义大协作的精神呀！"

雯父搓着肥皂，客气地点头。

连庆递上毛巾，说："我想请您再帮忙搞一个'捕雀电子网'，这样可以免去天天上房挥旗摇铃地吓唬麻雀了。"

雯父沉思一下："麻雀不是害虫，不应该在'四害'之列。"

马扎子搭茬："您这思想可不对，您这可是和组织的号召唱对台戏！这种思想可是要不得的！"

雯父脸色不悦。

连庆狠狠地瞪了马扎子一眼。

69. 影院散场门外 （日）

"你不是不喜欢看电影吗？不喜欢看电影你还看什么电影的小人书呀？"大四夺过起得猛手中的小人书说。

起得猛嘿嘿笑笑，掏出一分钢镚丢过去，又抄一本《秦香莲》蘸着唾沫翻看起来。

大四："哎哎哎，你别蘸唾沫成不成？这本是我妈最喜欢看的，你弄脏了，我妈还怎么看呀！"

起得猛不好意思地把蘸了唾沫的手指头在裤腿上抹抹，认真地看起来，嘴里磨叽着："要说这小人书都比电影好看，可以来回翻着篇儿看呀。电影就不成，你刚打一盹儿，它过去了，没看明白就完了，二毛五白花了。"

大四："那我让你白看小人书，你让我看场电影？"

起得猛："你不会自个儿买票看去？"

大四："我哪舍得花那个钱？一天摆摊钱刚够我和我妈买棒子面的。"

起得猛："你妈不挣钱啊？"

大四："我妈年轻的时候就得了气瘰脖子，一直病病快快的。"

起得猛："你爸呢？他不管你们呀？"

大四："我没爸！"他说得很倔，接着伤感自语道，"我妈年轻的时候，我爸就不要她了，那时候我妈肚子刚揣上我。"

起得猛同情道："白眼狼，整个一个陈世美。唉，他是做啥的？"

大四倔劲又上来了："甭问，反正比你们电影院经理官大。"

70. 影院门口 （日）

美工登着高梯挂出了大海报——《魔术师的奇遇》。

71. 影院放映场子 （黑）

观众们新奇地戴着眼镜看电影。

（银幕上）身着燕尾服的陆幻奇（陈强饰）舞着魔术棒，冲观众深鞠一躬，画面上赫然推出片名——《魔术师的奇遇》。

72. 小雯家院门口 （日）

"《魔术师的奇遇》，中国第一部宽银幕电影，老演员陈强和喜剧演员韩非主演。我们经理特地给你和你爸爸留的票，好座位，全是正中间的……"连庆热情地向小雯介绍着电影。

小雯却一反昔日的热情："我爸爸不在了……"

连庆如丈二的和尚："你爸？不在了？哪儿去了？"

小雯:"下放了!"

连庆:"下放?……为什么?"

小雯:"机关说他在公共场所散布反动的'麻雀无害论',就叫他下放劳动去了。"

连庆听罢大笑,不以为然:"嗨,这叫什么事呀,我以为怎么着了呢。你爸也是,上次人家马扎子就给你爸提意见,批评他说得不对,麻雀就是吃粮食嘛……唉!"忽然,他止住话口,看看小雯丰满的胸膛上别着的团徽,看看她忧郁的眼神,语气低沉下来,"就为这事?就下放了?……至于吗?"

小雯抵着门框,缄口不语。

连庆咬牙:"他妈的,准是马扎子那孙子告的状!"

73. 铝制品厂 （日）

"马扎子!马扎子你跑什么呀?"震耳欲聋的冲压车间里,一个胖女工朝着拼命四下奔逃的马扎子喊着,"嘿!你给我搞的电影票呢?!"

马扎子不理睬她,绕过一排排机床,慌慌张张地东奔西跑。

连庆拎着一根大铁棒子,怒不可遏地追赶着四下奔逃的马扎子。

马扎子逃出车间，胖女工迎面把他抓住："你跑什么呀？你答应我的票呢？……哎，后边追你的那是谁呀？"

马扎子："电影院的，我哥们儿，送票来的，我买票全靠他！"说着他甩开那胖女工，又蹿了出去。

马扎子一脑袋扎进了仓库。

连庆气势汹汹地拎着大铁棒子赶来，被一个戴眼镜的保管员拦住："哎，你是哪儿的？你找谁？"

连庆支吾着扔掉了手中的铁棒。

突然，库房里边传来一个年轻女工的声音："师傅，你看马扎子又想到咱们这儿拿盆儿来了，上次的铝盆钱他还没交呢！"

眼镜保管撇下连庆奔库房深处去了。

连庆趁机掰下一块箱子板，在手里掂掂，跟了进去。

连庆在货品堆积如山的库房里转来转去，只听那女工的喊声越来越高。

"马扎子，你净骗我们，你答应给我们弄三张《阿娜尔罕》的电影票，结果你拿走六个铝盆，票却没影了！"

"上次那票他早讨好工会主席了。让他交钱！那六个盆儿全是合格品，你小子还没交钱呢！六个盆儿统共是二十四块六！"眼镜保管的声音传来。

马扎子的声音:"哎,您不是说按处理品五毛一个给我吗……"

女工的声音:"少废话,拿电影票来就按处理品给你,没电影票就得按合格交!交不交?不交就给你看(kān)瓜!"

连庆闻声一怔,放慢了脚步。

眼镜保管的声音:"看(kān)他!白拿公家东西还成!"

随着马扎子一阵吱哇乱叫,连庆拐了进来。

马扎子一见连庆,慌忙拎起被扒到脚脖子的大裤衩儿。

连庆拎着木头板子走到他跟前,一板一眼地问:"你上次送电影院的铝盆是你花钱买的?"

马扎子害怕地望着他手中的木头板子,可怜兮兮:"是咱哥们儿自个儿掏钱买的,我这不是交钱来了嘛!"他说着一努嘴。

旁边那女工正一五一十地数着从马扎子兜里掏出来的钱。

马扎子心疼道:"半拉多月的工资呢。"

"呱嗒!"连庆把手里的木板扔在了地上。

74. 银幕上 （黑）

（放映《风暴》）

施洋大律师从小阁楼窗子蹿到了房顶上,一群国民党兵围住了他。他潇洒地一甩脖子上的围巾："士兵弟兄们！你们杀了我一个施洋，可是你们杀不完千千万万的劳苦民众！"

75. 影院休息室 （日）

"千千万万的劳苦民众！"起得猛的念白整个一京戏腔。他一个鹞子翻身，金鸡独立稳住身板，跟几个服务员卖弄着："演施洋大律师的这位爷有功夫，你看他在房顶上被捕时拉山膀的那做派，是跟盖叫天盖师傅盖爷那儿兑来的。可一张口，小镗嗓！"

一服务员："我也不喜欢金山那说话味儿，声儿尖。"

起得猛："外行了不是？那叫'云遮月'，有梅兰芳梅先生的韵味儿。归了包齐，演施洋的这位爷功夫还是不到家。"

正说着，大季推门进来。

旗袍陈今天兴致很好，接着起得猛的话说："金山30年代在上海滩就红得不得了，人家才不是学京戏的。"说罢起身迎大季去了。

大季薅着大四进来："进来进来，跟你说多少回了，不许在电影院后门摆小人书摊，你怎么不长记性呀？"

大四噘着嘴，小声嘟囔着："不摆摊，你们家管饭？"

大季："说什么呢？你再说一遍，你再说一遍我给你撕喽你信不信？"他说着抓起一把小人书，要撕！

起得猛斜睨旗袍陈一眼，又瞥瞥大季，嘴里不知道在说谁："喊，一块白菜帮子挂墙上了，装什么大鞋拔子呀！"

旗袍陈叫他抢白得一脸黯然。

76. 票房外　（日）

秦香莲击鼓喊冤的电影海报随着人流的脚步慢慢移动，镜头拉开，我们看到——是贴在小脚老太太的冰棍车上。

《秦香莲》的海报一排排地贴满街头。

票房前又排起了长龙般的队伍。

小窗口里露出大四满头大汗的脸："来一张正中间的，一排一号！"

女售票员逗着他："哟，大四呀？今天不摆小人书摊了？怎么舍得花钱看电影了？"

大四："我妈看，我给我妈买的！——哎，是正中间的吗？"他买完票转身挤出队伍，一头撞到连庆身上。

连庆看着他有点纳闷："大四，你看……《秦香莲》呀？"

大四："嗯！"他小心翼翼地把票收好。

连庆："你怎么爱看戏剧片呀？一句话唱五分钟，多腻歪人呀！"

大四："我妈看，我妈爱看。"

77. 影院 （日）

大四举着电影票，搀着病兮兮的干瘦的老妈，把她送进了影院。

他心满意足地回到散场门门口，刚要摆开小人书摊，正巧看见大季骑车过去，他下意识地赶紧收起包裹。

大季看见他紧张的样子，带着善意一笑，骑车走远了。

大四愣愣神儿，转身扒着散场门门缝，含着眼泪听着秦香莲如泣如诉的唱词。

78. 影院放映场子 （黑）

（银幕上）"我的名字秦香莲／自幼配夫陈世美／大比之年来求官／中状元招附马不回家转……带领儿女把他找／不但不认他把脸翻。"

大四妈抻着脖子，目不转睛，不时用一块脏兮兮的手绢擦着糊满眼屎的眼睛。

·写/好/剧/本

79. 影院散场门外 （黄昏）

电影散场，人群散尽。大四兴奋地等待着老妈出来。

半响，只听黑洞洞的场子里一阵高亢的唱腔响起："驸马爷不必巧言讲/现有凭据在公堂/人来看过了香莲状/驸马爷近前看端详/上写着秦香莲三十二岁/状告当朝驸马郎/抛妻子/觑皇上/悔婚男儿招东床/杀妻灭子良心丧/逼死韩琪在庙堂/状纸押在我的大堂上/咬定了牙关你为哪桩？"

起得猛抱着死去的大四妈慢慢地走出来："漫说你是驸马到/就是那凤子龙孙我不饶/头上打去他乌纱帽/身上再脱他的蟒龙袍/铡死了负义人再奏当朝。"

大四哭了。

连庆和影院的同事们都哭了。

旗袍陈更哭得泪人一样。

小黑影把老太太擦眼泪的那块手绢塞给了大四。

大四接过握在手里，手绢滴出一串"泪珠"。

80. 数日后 影院放映场子 （黑）

《年青的一代》的上演极大地鼓舞了小雯。

（银幕上）

"我们是年青的一代，是共产主义接班人……"

满载知青的列车驰向远方。

81. 筒子河 （黄昏）

"向前/时代的儿子/向前/共青团员/带上一本/没有'撤退'字眼的词典/带上爱人的祝愿/向前/系好脚上的鞋带/不要让泥泞的沼泽/弄脏一个布尔什维克的/整洁衣衫/向前/向前……"

连庆与小雯同舟荡漾在映着角楼倒影的水面。

连庆望着小雯那激动得像红苹果一样的脸颊："真美！你写的？"

小雯忘情地说："马雅可夫斯基。"

连庆："是你们学校老师吗？"

小雯笑笑："郭连庆同志，我要走了。"

连庆："走？不想划了？"他停住手中的船桨。

小雯满含诗意地说："我要远走高飞，我要去寻找爱情！"

连庆脸色骤变："你，谈对象了？"

小雯笑得含蓄，脸似桃花。

连庆急了:"谁呀? 哪儿的? 叫啥?"他下意识地抓起了木桨。

小雯认真地趴在他耳边:"肖继业!"

连庆:"喊! 你说的是那个电影演员杨在葆呀? 人家可是上海电影制片厂的演员,电影里的人你也爱?"

小雯:"我已经报名去青海了。"

连庆这才看清她丰满的胸膛上别着一枚团徽。

小雯:"我已经下决心到边疆去,到农村去,到祖国最需要的地方去。"

连庆一时不知如何是好。

82. 林荫道 (晚)

连庆跟在小雯身后,突然,他追上小雯:"我跟你走!咱们一块去青海!"

小雯:"你?"

连庆:"猪圈岂生千里马,花盆难养万年松。我跟你走!"

小雯望着他的眼睛,半晌,她激动地抱住连庆,在他脸上深深地吻了一口。

连庆晕了,他像烫着一样,捂住被她吻过的脸蛋。

83. 影院经理办公室 （日）

"你腮帮子怎么了？"经理望着捂着脸蛋的连庆问。

连庆支支吾吾地杵过一张纸："嗯……嗯！"

经理拿起来，戴上眼镜认真地看了半天："你——要去青海？"

连庆点点头。

经理放下报告，过来扒下他捂着脸的手，用手背贴贴他的脸蛋，又摸摸自己的额头，看出连庆是认真的样子，坐下来，说："支援边疆是很高尚的行为，也很时髦。"经理斜睨他一眼，"你不会是追时髦吧？"

连庆捂着脸蛋，坚定地摇摇头。

经理过来不客气地扒下他的手："那你是——追求爱情？"

连庆憋不住了："经理，我不想多说话，您要愣逼我说，我就一句，王八吃秤砣——我铁了心了！"

经理坐回椅子上运运气，正要开口，门开了，旗袍陈进来。

旗袍陈看看他们的样子，迟疑一下，把一张纸放在经理面前的桌上，扭身就走。

经理看了一眼："哎哎哎，小陈，你回来回来。"

旗袍陈停住了脚步。

经理："你，你要打……证明？"

旗袍陈站在连庆旁边，憋红脸，细声细气："经理，我打个，结婚证明。"

经理："结婚？你要嫁人？……嫁谁呀？"

旗袍陈："派出所的季玉发，他们单位领导都同意了，你啊也给我打个啊！"

经理看看连庆，看看旗袍陈，憋了半晌："你们都走了，那小黑影怎么办？"

一时，连庆和旗袍陈面面相觑。他们不知道该怎么面对小黑影。

84. 影院小天井 （日）

起得猛听说旗袍陈要嫁大季，心里很不是滋味，醉醺醺地擦着自行车，唱："昨夜晚一梦大不祥／梦见了猛虎赶群羊／羊入虎口无处往／一家大小被虎伤／将身来至在庄头上／吉凶二字实难防……"

85. 影院宿舍 （晚）

小黑影对旗袍陈说："你还是嫁给起得猛吧，我不喜欢那个警察。"

旗袍陈心碎了，紧紧地抱住了她，淌出了眼泪。

"因为起得猛在电影院工作，那个警察不是电影院的。"

旗袍陈哭着，紧紧地抱住她。

小黑影："你别抱着我好吗？我不喜欢你抱着我。"

旗袍陈痛哭。

门外的连庆闻声，一脸复杂的表情。

86. 影院宿舍门外 （晚）

连庆拦住从屋里跌跌撞撞出来的旗袍陈："陈姐，你真的要嫁大季吗？"

旗袍陈点点头。

连庆咬咬牙，终于开口："陈姐，你能告诉我，小黑影的妈妈是谁吗？"

旗袍陈仰头望望天上的月牙，泪水顺着她的眼角流向耳边。她摇摇头，答非所问地感叹道："连庆，你没看出我活得很累吗？我想离开电影院，我受不了电影的刺激。我，真受不了了……"

她哭着跑开了。

87. 影院小天井 （日）

经理拉着连庆在旮旯里蹲下，他掏出一张结婚证明看了看，说："陈素伦的结婚证明我早开出来了，一直没交给她。我找大季谈了几次，现在可以给她了。"

连庆不解："为什么？"

经理："我跟大季商量好了，他们决定结婚就带走小黑影这孩子。我想，也许这是好事，这样你也可以放心地走了。"

连庆："经理，我要走了，想给您提点意见。"

经理："你说。"

连庆："您能不能留下陈姐啊？"

经理："这话怎么讲？是她自己表示一结婚就辞掉影院工作的。"

连庆："影院对她关心不够，尤其是您作为经理，对这方面照顾得不好。您看，影院里放映《箭杆河边》，就给陈姐起外号叫'烂菜花'；《霓虹灯下的哨兵》放后管她叫'曲曼丽'；《千万不要忘记》上演后改'一百四十八'了。"

经理："噢……"

连庆："其实您也都听见过，可是您还笑。特别有一回，陈姐找您诉苦，您还跟她开玩笑，说'那你不会做阿娜尔罕，做阿诗玛，做刘三姐嘛'，您看，这多伤她心呀。"

经理："唉，是我不好，陈素伦面皮儿薄，这我以后注意。"

连庆沉默许久："经理，小黑影舍不得离开电影院，她爱看电影，她离不开电影。她要是跟着陈姐过不惯，您可想着接她回来啊。"

经理脱口道："瞧你说的，亲妈身上掉下来的肉，哪有不疼自己孩子的……"

连庆一怔："您是说……陈姐，会是小黑影她妈妈？"

经理："唉……这可不能瞎说。生活有许多一辈子也破不开的闷儿，还有许多到死不能说的话，当然了，还有许多你想说，可是老天爷压着不让你说。就说你吧，当初要是跟着部队走喽，没准现在成将军了。"

连庆嘿嘿苦笑一声。

经理感慨道："人这一辈子呀，一举手，一投足，不知道就蹚了哪道浑水了。"

88. 影院休息室 （日）

王心刚、崔嵬、谢添、于洋、张平、庞学勤、王丹凤、上官云珠、张瑞芳、白杨、秦怡等二十二位大明星的黑白照片横列一排。

照片下悬挂着一条横幅:"欢送郭连庆同志支援边疆!"

马扎子端着一架暗箱上贴着胶布的破"海鸥203",准备着给被同事们簇拥在中央、胸佩红花的连庆拍合影。

连庆身边的经理整理着衣领,突然问:"嗯?孩子呢?小黑影呢?"

"郭黑影!"

人们发现小黑影不见了,顿感不妙。

89. 影院 (日)

高高的烟囱上坐着小黑影。

连庆脖子上青筋暴起,声嘶力竭,从那劈了的嗓子根本听不出他在喊些什么。

人们使尽各种招数都无济于事。

旗袍陈瘫坐在地上,双目呆滞。她忽然站起来,掏出那张结婚证明——撕了!

蓝天白云下,无动于衷的小黑影显得那么渺小。

经理的眼睛突然一亮,一把薅下连庆胸前的红花,三把两把扯得粉碎。

撕碎的纸片飘飞到半空。

90. 影院宿舍 （晚）

一大碗泡着红烧肉的大米饭几下子就被小黑影扒进嘴里。

连庆看着她狼吞虎咽的样子，长叹一口气。

他耳边响起了小雯那带着讥讽的声音："走开 / 时代的胆小鬼 / 你那修饰得整洁光滑的指甲……"

91. 空镜 （日）

"和你的思想 / 一样苍白 / 你那油光瓦亮的鞋面 / 没有一颗尘土 / 可是 / 你是时代的胆小鬼 / 你的灵魂 / 就像一颗发霉的 / 马铃薯。"

一列披红挂彩的列车载着小雯的诗句，呼啸而去。

92. 影院 （日）

小黑影像小尾巴一样，时刻不离连庆左右。

连庆恼怒地躲进厕所，小黑影毫不客气地堵在门外。

· 写 / 好 / 剧 / 本

93. 影院放映场子　（黑）

连庆很失落，满脑子全是小雯的身影。

一次在场子里带座的时候，他的手电筒照到一个仿佛是小雯的年轻姑娘，当他看到那个"小雯"与一个男人在黢黑的场子里卿卿我我时，他再也经受不了那种温馨的刺激。

"嘿，你照什么照！讨厌！"

手电光固执地照在那男女青年身上："把手拿出来！"

"你管得着嘛你！缺德！"女青年火了，不顾安静的场子大吼起来。

94. 影院经理办公室　（日）

"你没看他手摸哪儿去了？你不管他们还说我？"连庆急扯白脸地说。

"人家观众的手放在哪儿你也管？那是你管的事吗？"经理生气了。

"一对流氓！"

"没调查就没发言权，派出所大季都审清了，人家是正当恋爱。"

小黑影站在连庆身后，把一直握着她的手悄悄拽起来，贴在自己的脸蛋上。

经理缓和了口气:"领导上可一直重点培养你呢。咱们影院年轻人少,像你这样的革命军人出身的就你一个……喊!这样吧,你到机房去学放映吧。"

连庆噘着嘴一言不发。

95. 影院宿舍 （晚）

连庆给躺在床上睡得像死猪一样的小黑影洗着脚丫。

旗袍陈推门进来,她看看熟睡的孩子:"连庆,我,我……该嫁人了吧?"

连庆:"听说了,大季这人不赖,你跟着他会过好日子的……"

他话未完,旗袍陈一把将他揽进怀里,把他的头深深埋进自己高耸的乳房,哽咽着:"连庆,你真的愿意我走啊?你听得见我心里的话吗?"

连庆傻了,一动不敢动,支吾半天没一句整话。

旗袍陈:"你要是听见了我心里面的话,我,我就不走了啊……"

连庆使劲抽出自己的脑袋,木讷地摇摇头。

旗袍陈方感失态，整理下衣襟，黯然道："我的心在说，你要照顾好小黑影。"

96. 翌日 影院门口 （日）

大季一身笔挺的哔叽制服，俨然是个大干部的模样。

连庆："我能带好这孩子，你们过你们的日子去吧，就别费心了。"

大季："我也是和陈素伦商量之后的意见，再说，你将来还要娶媳妇，带着个孩子跟人家说不清楚呀！"

连庆："世界上说不清楚的事情太多了，我清楚了，孩子就不清楚了。是四尺就甭求一丈，长的短的都一样。为了这孩子，我认头！"

大季敬佩地拍拍他肩膀，扭头走了。

连庆望着门外，一辆"嘎斯69"吉普拉走了旗袍陈。

旗袍陈走了。连庆看见她是含着眼泪上车走的。

97. 影院放映场子 （日）

连庆走到银幕后，拉开大音箱背板。小黑影从里面探出挂满蜘蛛网的脑袋。

"你要跟他们走喽,就不用天天吃窝头了,隔三岔五地还能有顿白面。"

"天天吃白面我胀肚,拉不出屎来。"

连庆默默地抱出她,小黑影一蹿,骑到了他脖子上。

"你不是说我是电影里生的吗?我要是离开电影院,就是天天吃白面我也活不了。"

连庆驮着小黑影走到银幕台口边上,深情地望着场子里黑压压的座椅。

满场的座位像一排排整齐的士兵,忽然,椅子座板一个接一个地自动翻起——"噼噼啪啪"一阵巨响强烈地震撼着连庆的心房。

98.影院放映机房 (日)

连庆熟练地装片,开机,他对放映机使用得非常娴熟。

他凝视着慢慢转动的片卷,眼前映出一幕幕小雯的画格。

忽然,马扎子顶着一摞铝盆悄悄摸了进来:"哥们儿,要盆吗?我们厂子处理的……"

连庆:"你怎么摸这儿来了,出去出去!"

马扎子:"别别,哥们儿专门给你送来的,先尽着你挑,你挑剩下我再给票房的送去，票房那几位大姐管我要好多日子了。"

连庆斜他一眼，拿起一盆摆弄着："你这是处理品吗？"

马扎子："说是处理的，没毛病，你看多光溜呀，浑身上下除了肚脐眼儿没一疤瘌。"

连庆严肃起来："我说马扎子，你这同志这种做法可不好。你看，这明明是合格产品，你愣拿来当处理品卖，你这样做不光国家吃亏，而且也腐蚀了影院的同志，这给一些爱占小便宜的同志留下了犯错误的机会。"

马扎子脸红了，小声嘟囔："是处理的嘛……是我们厂长特批的……"

连庆："你还嘴硬，我这就到票房去，告诉他们这些盆儿的来历。"

马扎子连忙拦住他："哎，别价！哥们儿以后不拿正品了，你要要，你留一个……"

这时，突然传来一阵叫喊。

"没声嘿！——没有声音啦！"场子里传来观众的一阵叫喊声。

连庆一愣，探头从观察孔望去，只见场子里银幕上光出画面没声。他赶紧打开音响开关，顿时，音乐声大作："向前进／向前进／战士的责任重／妇女的冤仇深／古有花木兰替父去从军／今有娘子军扛枪为人民……"

（银幕上）片名：《红色娘子军》；编剧：梁信。

连庆松了一口气，回身坐在机器前接着发呆。突然，他仿佛感觉到什么，猛然起身，趴在观察孔上，使劲地朝场子里看着……

他猛地蹿起来，撇下马扎子，丢开机器跑下楼。

99. 影院放映场子 （黑）

（银幕上）

洪常青（王心刚饰）就义前写下："砍头不要紧，只要主义真，杀了洪常青，还有后来人！"

南霸天（陈强饰）咬牙切齿："好哇，为了你的主义真，我要你的命！"

全场客满，小黑影搬着小板凳坐在夹道上，眼睛瞪得溜圆。

一个男生看得激动，跑到走道前边高喊："打倒南霸天！"

靠边座位上的一位观众很不客气地拽了他一个趔趄。

男生气愤地一甩胳膊，不想他看着那位观众——愣住了！

小黑影回头，也一怔，他们仿佛看到南霸天就在眼前。

一个女老师猫腰过去，拽回了那个学生。

连庆终于看清——是于小雯。

100. 街上 （日）

"向前进 / 向前进 /……共产主义真 / 党是领路人 / 奴隶得翻身 / 奴隶得翻身！"

小雯领着一队打着队旗、戴着红领巾的学生唱着歌走远。

连庆犹豫着脚步，紧追不舍。

学生队伍停住，"稍息，立正，解散"。

小雯转过身来，连庆激动道："小雯，是你吗？"

101. 故宫前 （黄昏）

高大的故宫角楼把夕阳的光芒在斑剥的午门御道上割为阴阳两面。

连庆跟着小雯从阳面走进了阴面。

"我因为父亲的问题，没有被批准去青海地质队，学校分配我当了一名小学教师。"小雯说。

连庆大喜过望："老师好，人类灵魂的工程师，值得尊重的职业。"

小雯脸上划过一丝苦笑:"就这样,我也成了时代的胆小鬼。"

连庆傻笑:"嘿嘿,你走了以后,我才知道什么叫勇敢了。"

小雯:"哦? 那你说说你的勇敢是什么?"

连庆勇敢地问:"小雯,你,你有男朋友了吗?"

小雯:"这就是你的勇敢呀?"

连庆从阴面走出来,勇敢地站在她面前,等着她的回答。

小雯所答非所问:"我爸爸很不喜欢你,说你像个——小痞子。"

连庆的脸痛苦地扭歪了。

筒子河中,小船晃晃悠悠。

102.影院放映场子 (黑)

(银幕上)

林老板(谢添饰)坐在船舱中那麻木的脸。

雾蒙蒙的河中远去的小船。

"完 第一创作集体 1959"。

人去场空,连庆把腿跷在前排座位的靠背上,孤零零地坐在场子中央发呆。

他望着巨大的银幕两眼发直,冥思苦想。

雪白的银幕上依次映出:林道静、阿诗玛、高山、刘三姐、王芳、阿娜尔罕、小白鸽、吴琼花……

连庆眼里一片痴迷,突然他烦躁地闭上眼睛——银幕上出现嘴叼烟卷、面目狰狞的女人,《列宁在一九一八》里的开普兰。

朦胧中他感觉小雯朝他走来,他惊喜道:"小雯,你来了,你,你嫁给我吧?"

啪!他挨了一嘴巴。

连庆睁开眼睛一看,小雯就站在他面前:"你胡说什么呀你?"

连庆如丈二的和尚了。

小雯:"我都快急死了,今天看完电影,有一个学生不见了!"

值班员往脑袋上套着衣服,走进来:"连庆,你看看是不是这学生和你们家小黑影在一块呢?上次她就带着摆小人书摊的大四在银幕后头藏了一宿,白看了一天电影。"

连庆倏地站起来:"不会吧?她这会儿应该睡了……"

宿舍门被"嘭"地撞开——没小黑影的影子。

连庆和小雯紧张地对视一眼，突然，一只手拍在小雯的肩头上，他俩惊吓得回头一看——值班员："不会叫拍花子的拍走了吧？"

连庆、小雯、值班员逃命般地在场子、天井、机房、休息室里疯狂地寻找着孩子。

103. 街上 （夜）

仨人神色慌张地失望地聚到一起。

"真叫拍花子的拍走了？"值班员的话让连庆、小雯有点发毛。

突然，门外传来"吭吭哧哧"沉重的喘息声。

小雯躲到连庆身后，紧紧地搂住他的后腰，连庆悄悄地抄起一把椅子。

脚步声越来越近，一道粗壮的奇形怪状的影子透过玻璃门的布帘映了进来。

连庆鼓足劲儿拉开大门，眼前是俩肉乎乎的小光屁股，他举起椅子要砸……

"怪物"大叫，转身就逃……

104. 派出所 （夜）

"你从通县走来的？"

"可不是嘛，四十来里地儿呢，这话说的！"那个长得酷似南霸天的观众一边肩上扛着一个裤子褪到脚脖子的孩子，"这俩孩子警惕性还真高，愣把我当南霸天抓来了，我咋解释都不成，连抓带挠，还咬人，你们看看……"

"这孩子的裤子是怎么回事？"

"哎，您看呀，这不是给我捆上了嘛。"他一伸手腕，上边捆着俩孩子的腰带，"要说这电影的教育性就是强，这俩孩子一直跟踪我到通县。全民皆兵，哦，全民皆警察！嘿嘿。"

连庆和小雯一人抱过一个睡得烂熟的孩子，还是不太信任地盯着他。

所长放下电话，过来对连庆和小雯说："你们还不快谢谢人家，要不是人家把孩子送回来，他们怕是找不回家喽。"

"南霸天"说："哪里哪里，我该向这俩孩子学习，学习他们，爱憎分明。"

所长："这位同志是密云人民公社的采购员，进城来买竹竿……"

"买筛子，筛子。""南霸天"纠正道，"顺便看场电影，没想叫你们孩子抓了,这事儿闹的!"

所长开玩笑道:"我说,这也不怪这俩孩子,你怎么长得跟南霸天一样啊?"

"谁跟那王八蛋长一样呀!瞧您说的。"

小雯和连庆终于憋不住,"扑哧"笑出声来。

105. 小雯家　(日)

"哈哈哈……"雯父笑得前仰后合,"这孩子蛮可爱嘛,将来是块好料子。"他对坐在饭桌边的连庆说,"哎,这个叫小黑影的是谁的孩子?"

连庆:"是我们单位一个同事的孩子。"

雯父:"这孩子的性格是随她爸爸,还是随她妈妈了?"

连庆脱口道:"随我,噢,随……"他岔开话题,"伯父,你就算回北京工作了?"

小雯端菜上来:"我爸爸的问题让毛主席知道了,毛主席亲自批示,'麻雀不要打了,代之以臭虫'。"

连庆:"对,臭虫该灭,我们宿舍里臭虫特多,咬得小黑影睡不着觉。我给她洗澡的时候,她浑身都是包。"

雯父:"嗯?小黑影跟着你睡?"

连庆:"嗯……有时,有时跟我睡……她喜欢跟我……"

小雯又端上一条鱼:"来,尝尝我的糖醋鱼做得怎么样!"

"伯父,听小雯说你最喜欢吃鱼了是吗?"连庆总算找到岔开话题的机会。他正要伸筷子,就听后边有人说:"我也喜欢吃鱼!"

仨人扭头一看,见小黑影摸进门来。

小黑影落落大方地走到连庆跟前,一骗腿坐在他腿上:"爸!我也要吃鱼!"

雯父闻声收敛了笑容。

小雯更是感到莫名其妙。

连庆尴尬地看看他们父女俩,不知该如何解释了。

106. 胡同里 (黄昏)

连庆两手插在裤兜里,脖子上驮着小黑影,低着头,没好气地责备她:"你这孩子没大没小,怎么瞎叫我'爸'呀?!"

小黑影倔强地问:"那我爸爸是谁?我妈妈又是谁?"

连庆顿时心头沉甸甸的,他似乎感觉增加了一份责任。

夕阳把俩人长长的影子拖到地上,慢慢地消失在胡同尽头。

107. 影院银幕后 （黑）

靠墙蹲坐的小黑影望着银幕上交织出现的《党的女儿》里的田华、《祝福》里的白杨、《李双双》里的张瑞芳、《林家铺子》里的于蓝、《一江春水向东流》里的上官云珠、《女理发师》里的王丹凤、《青春之歌》里的秦怡……

她嘴里不停地嗫嚅着："妈妈，妈妈，妈妈……"

她满脸泪水，渴望的眼神似乎在问：我是谁？我从哪里来？我到哪里去？

108. 铝制品厂 （日）

"厂长亲自批的条子！告诉你，你不给我十个处理盆，耽误这个月全厂工人看电影，你负责？"马扎子横横地对供销科科长说。

科长狡猾地说："真对不起您，现在是多快好省的时代，告诉你，这季度本厂就没出一个残次品。"

马扎子："刁难我是不？不就是上次没给你弄来你要的《飞刀华》吗？这也不赖我呀！那是教育局给电影院提意见了，说小学生看完《飞刀华》都玩起飞刀来，光咱们区就有好几个孩子眼睛都扎瞎了的。"

科长盯着他:"少跟我说这个,你今儿要拿盆儿,只能要正品,爱要不要!"

马扎子见他一点也不通融,咬咬牙:"那给我拿正品吧。"

科长:"正品一个补六毛,十个六块,拿钱!"

马扎子急于订票,咬牙补贴了正品的钱。他接过盆儿,随手就将新铝盆在门框上磕出一坑儿……

科长奇怪道:"你磕什么呀?瘪了!"

马扎子:"人家就喜欢要瘪的!"

109. 影院放映场子 (黑)

(银幕上)

刘三姐招待着四方乡邻。

"多谢了/多谢四方众乡亲/我今没有好茶饭哪/只有山歌敬亲人。"

"山歌好/好似热茶暖透心/世上千般咱无份/只有山歌属穷人。"

"取笑多/画眉取笑小阳雀/我是嫩鸟才学唱/绒毛鸭子初下河。"

突然，片子停了，银幕上一片空白。

观众交头接耳，一阵喧哗——灯亮了。

110. 影院放映机房 （日）

放映机里的片子倒光，片轴儿飞快地空转。

"他妈的，起得猛这家伙又喝多了，这下误了片子，麻烦大了！"

放映员从观察孔探头看去，只见场子里一片混乱。

111. 街上 （日）

起得猛醉醺醺地骑着车子围着马路中间的警察岗台转上圈了。

交通警察晕得乎地跟着他转，一时弄不清楚这人怎么了。

112. 影院放映场子 （日）

场子里嘘声、退票声、叫骂声、起哄声四起。

场子外休息室里等看下一场的观众却急着往场子里挤。

连庆和服务员们急得团团转，耐心地跟观众们解释着。

小黑影突然出现在台上："嘿！——你们瞎嚷嚷什么呀？"

·写/好/剧/本

台沿下摇荡着三个年轻小伙:"谁家孩子嘿?烦人……下去!"

小黑影突然放声高唱:"隔山唱歌山答应/隔水唱歌水回声/今日歌场初会面/三位先生贵姓名?"

那几个小伙一听,乐了,滑稽地冲她唱起来:"百花争春我为先/兄红我白两相连/旁人唱戏我挨打/名士风流天下传。"

小黑影在台上冲着他们指鼻子剜眼地唱:"姓陶不见桃结果/姓李不见李花开/姓罗不见锣鼓响/蠢材也敢对歌来。"

座席里一个胖娘们儿:"这小丫头片子!嘿,你跟谁学的唱呀?"

小黑影:"不懂唱歌你莫来/看你也是一蠢材/山歌都是心中出/哪有船装水载来?"

胖娘们儿叫她逗乐了:"小小黄雀才出窝/谅你山歌有几多……"

小黑影伶牙俐齿:"你歌哪有我歌多/我有十万八千箩。"

观众合唱:"我有十万八千箩!"

小黑影:"只因那年涨大水/山歌那个塞断九条河。"

观众合唱:"山歌那个塞断九条河!"

场子里沸腾了,人们埋怨的情绪烟消云散。

休息室里的观众听着场子里的歌声,再忍不住,终于挤开入场门,涌了进去。

场里场外歌声一片……

观众合唱:"什么水面打跟头/什么水面起高楼/什么水面撑阳伞/什么水面共白头?"

小黑影:"鸭子水面打跟头/大船水面起高楼/荷叶水面撑阳伞/鸳鸯水面共白头。"

观众合唱:"什么有嘴不讲话/什么无嘴闹喳喳/什么有脚不走路/什么无脚走天下?"

小黑影:"菩萨有嘴不讲话/铜锣无嘴闹喳喳/财主有脚不走路/铜钱无脚走天下。"

小黑影把个小刘三姐唱得活灵活现。

观众大悦!满场观众一唱一和,里里外外一片火爆。

服务员们都松了一口气。

连庆咧着大嘴望着台上的小黑影——傻了!

113. 影院小天井 (日)

起得猛把那辆跑片的"飞鸽"车擦得锃光瓦亮。

连庆过来同情地说:"老起,你以后工作上有困难,就去找找陈姐，听说大季在外贸部里工作，现在还负点责任呢……"

起得猛："知道，人家现在当大官了，我早看出旗袍陈有福相。这就是命，人的命天注定，胡思乱想不中用！"

他直起腰把车子一送，车子"唰"地滑到连庆手中。连庆稳住车子。

起得猛："嗯，我说，我在影院干了这么多年，一直跑片，愣没看过一场整个儿电影。"

连庆讪笑道："是啊是啊，电影就是没京戏好看，不是玩意儿。"

起得猛咧嘴笑笑："嗯，你说，《秘密图纸》里的那个说'火、火、火'的结巴颏子到底是不是特务哇？"

连庆有点心酸了。

114. 影院放映机房 （黄昏）

连庆打开机器盖子，装上拷贝片，开动电门，一束强光射了出去。

他从观察孔里看去——空荡荡的场子里只坐着起得猛一人。

115. 影院放映场子 （黑）

（银幕上）

公安人员（田华饰）一拍桌子："你火什么？"

特务结巴着："谁火、火、火了？"

起得猛双目微合，尽情品味着工作、生活、电影、电影院所带给他的欢乐——他的眼角湿润了。

116. 街上 （日）

连庆推出了那辆加重"飞鸽"自行车，他仰头望望天上刺眼的太阳，紧锁的眉头渐渐舒展。他骗腿上车……

"春天里来百花香 / 朗里格朗里格朗里格朗 / 和暖的太阳在天空照 / 照到了我的破衣裳 / 朗里格朗朗里格朗。"

"飞鸽"车后架左右是两兜子拷贝片，前边大梁上斜跨着小黑影。

寒来暑往，车子像小鱼一样穿梭在潮水般的自行车流中。

"穿过了大街走小巷 / 为了吃来为了穿 / 昼夜都要忙 / 朗里格朗朗里格朗 / 没有钱也要吃碗饭 / 也要住间房 / 哪怕老板娘做那怪模样……"

"贫穷不是从天降/生铁久炼也成钢也成钢/只要努力向前进/哪怕高山把路挡！"

大街上的警察看到他骑车带人，挥着木头指挥棒冲他直瞪眼。

连庆一扭车把，车子倾斜着钻进了小胡同。

车子在曲曲弯弯的小胡同里钻来钻去，出了大街。

小黑影开心地骑到了连庆的脖子上。

"遇见了一位好姑娘/亲爱的好姑娘/天真的好姑娘。"

便道上走过一位身材修长、打着花汗布阳伞的漂亮女孩，连庆被吸引住目光，歪着脖子看起来没够。

小黑影噘起小嘴，伸手捂住了他的眼睛。

车子画龙了，歪歪扭扭地朝着马路边一个推着冰棍车的老太太撞去。

"不用悲不用伤/人生好比上战场/身体健/气力壮/努力来干一场！"

卖冰棍的老太太拐着半大小脚拼命躲闪。

"成败不是从天降/生铁久炼也成钢也成钢……前途自有风和浪/稳把舵/齐鼓桨/哪怕是大海洋/向前进/莫彷徨/黑暗尽处有曙光。"

小黑影开怀大笑，笑容灿烂无比。

小黑影就这样在自行车上、在连庆的脖子上长大了，出落得愈发水灵。

117. 影院放映机房 （日）

小黑影百无聊赖地玩弄一堆电影片头。

连庆剪着片子，"啪"，片子断了。他举起来看看，剪掉缺碴儿，拿过胶水准备粘上。"嗳——!"他回头看见放映员把脚边的暖壶碰倒了，开水烫得那放映员龇牙咧嘴直叫唤，他赶忙过去帮他把脚上的鞋子脱了下来。

小黑影凑过来，把手里的断片头粘到了连庆准备接的大本片子上。

连庆忙完回身，拿起片子看看，不加思索地就递给放映员，装进了机器……

118. 影院放映场子 （黑）

（银幕上）

《战火中的青春》里的雷振林居然和《钢铁是怎样炼成的》里面的冬妮娅谈上了恋爱。

《牛虻》中的亚瑟没完没了地对着李双双忏悔。

李双双伸手一操,摔出门外的却是《平原游击队》里的老松井……

观众们看得莫名其妙。

119. 影院放映机房 （日）

小黑影扒着观察孔乐得前仰后合。

场子里暴雷般的笑声从观察孔灌进机房。

连庆气急败坏地拎过小黑影,按椅子上就揍起了屁股。

小黑影咯咯地越笑越响。

突然,连庆的手僵住,他看到手心的点点红迹——他意识到小黑影长大了。

120. 影院宿舍 （晚）

一只铅笔盒及学习本子递到连庆手上。

小雯:"听你这么一说,小黑影挺可怜的,你可不能再打她了。"

连庆:"小树要砍,小孩要管,她都淘出圈了。"

小雯:"淘也是随你了,你都这么大了还淘呢。要不我爸爸怎么不喜欢你呢。"

连庆不好意思了:"嘿嘿,你,你喜欢我就得了呗。"

小雯娇嗔道:"我也不喜欢。"她说着坐在床边。

连庆悄悄地把门销插上。

小雯见状赶紧起身:"看,你又要淘气……"

语音未落,她的嘴被连庆滚烫的嘴唇堵住了。

窗外屋檐下,窝里的燕子抖抖翅膀护住小燕子,让它们闭上了眼睛。

121. 影院门口 （日）

《海鹰》《林家铺子》《锦上添花》《女理发师》《战火中的青春》——影院门口的海报日复一日地更换。

"花儿为什么这样红……"一时响彻大街小巷。

122. 影院放映机房 （日）

"红得好像燃烧的火 / 它象征着纯洁的友谊和爱情"的歌声使连庆棱角清晰的脸颊变得愈发成熟。

（银幕上）杨排长（梁音饰）:"阿米尔——冲！"

·写/好/剧/本

连庆抱着一大摞片筒,忘情地旋转着。突然机房门"嗵!"地被踹开,小雯满脸愤怒地闯进来,一把揪住他就往外走。

"花儿为什么这样鲜……"

123. 影院门口 (日)

门口《冰山上的来客》的大海报上,"假古兰丹姆"的头像上被描上了两撇小胡子,旁边还写着一行歪歪扭扭的大字:"这是于小雯!"

124. 影院宿舍 (日)

在"花儿为什么这样红"的歌声中,连庆薅过小黑影按到床边,吼道:"今天我不打你个满脸桃花开,你就不知道花儿为什么这样红!"

小雯被他的暴怒吓坏了,上前拽开连庆,护住了小黑影。

连庆不依不饶地寻找着家什,终于,他抄起一个木头算盘,过来扬手要打。小雯吓得背身抱紧倔强地拧巴着的小黑影,紧紧地闭上了眼睛。

连庆挥舞着算盘的手高高地扬在半空,却怎么也落不下来。

半晌,小雯慢慢地睁开眼睛,她惊骇地发现怀里的小黑影长大了（十五岁），她从小黑影的眼睛里看出了——情敌般的**敌意**。

125. 影院放映场子 （黑）

"半间屋前江水流/革命的友谊才开头/哪有利刀能**劈水**/**哪有利剑能斩愁**……"

《怒潮》放映的场子里静悄悄的，突然，一个戴国防绿帽子的女孩起身高叫："这是大毒草！这是为那谁翻案的大毒草！"

顿时，场子里一片喧哗。

连庆懵了，跑过来，伸手拽住那女孩的胳膊，想把此人拉出场子，不料——"啪"——他却挨了一个大嘴巴子。

观众纷纷起身，吵吵闹闹，推推搡搡，电影的音响，人群的争吵声，座板的翻动声，嘈嘈杂杂，混成一片。

"送君送到大路旁/君的恩情永不忘……"

凄婉的歌声中，连庆被挤在人头攒动的人群中，**他张大嘴巴**，努力地伸长脖子以便透过气来。

灯光亮了，越来越亮，像炽热的太阳，把整个场子照耀得**雾蒙蒙**、白花花。

126. 街上 （日）

红旗的海洋……

连庆蹬着三轮，拉着几个装满饭菜的大饮水桶，"嘎嘎啦啦"地朝影院蹬来。

127. 影院放映场子 （日）

影院里住满了戴着红箍、南来北往串联的红卫兵。

休息室里，放映场子里，舞台上，横七竖八地卧满了学生小将。

一排饭桶被蹾在场子里的舞台沿上。

连庆揭开桶盖，香喷喷的饭菜腾起白雾般的热气。

"啪！"一只手按住了桶盖儿，连庆抬头看，是一个戴眼镜的学生。

"同学们，我们肩负着历史的责任，不远万里来到伟大的祖国首都北京，难道就是为了这一日三餐吗？国家者我们的国家，天下者我们的天下。我们不能再这样饱食终日、无所用心下去了。我们身居电影院，要放眼全世界。"

"你到底要说什么呀？"

"让不让我们吃饭了？"

"同学们，战斗迫在眉睫，战斗就在脚下，是毒草就得批判！我们强烈要求电影院的同志把形形色色的毒草电影拿出来放映，让这些见不得人的东西，在灿烂的阳光下显出它们丑陋的原形吧！"

满场的学生随声应和，一时群情激昂。

连庆冷冷道："影院不存拷贝，小将们的革命想法挺好，就是不现实。"

小将们怒了，蜂拥而上，将他团团围住。

"同学们，听我说，拷贝都在中影公司统一保存，电影院里确实没有片子。"小雯护在连庆身前，口干舌燥地解释着。

学生们狂躁的叫喊声淹没了她的声音。

嘈杂的呼喊声中，一顶用海报糊成，上写"王金标、马小飞、蒲志高、布哈林"的高帽子戴到连庆头上。

128. 街上 （日）

一排插着大旗、拉满学生的三轮车，风驰电掣地朝中影公司奔去。

129. 中影公司 （日）

楼前的院子里人山人海。

高音喇叭里"嗡嗡"作响："……批判……砸烂……黑线……"

小将们像蚯蚓一样费劲地挤进院里，突然他们眼睛一亮：

"吴琼花！嘿！你们快看那吴琼花！"

"华家芳！那个是《女理发师》里演华家芳的王丹凤！"

"喜儿，你们看那不是杨白劳他闺女喜儿嘛！"

"杨子荣——！天王盖地虎！"

"李双双——！你们家喜旺呢？"

"江雪琴——！江姐，我陪你把牢底坐穿！"

"祥林嫂——！你们家小宝找着了吗？！"

"洪常青——！砍头不要紧，只要主义真！"

一个个从全国各地被揪到北京来的挂着黑牌牌的明星，被推到楼前台阶上。

一个脸蛋红得像红肖梨似的女孩，扒着前边一个秃瓢男孩，操着四川口音焦急地问："有上官云珠吗？啊，有莫得？上官！"

秃瓢："没看见，嗯，我看见金环了！《野火春风斗古城》里的金环！哎，怎么没有银环呀？"

红肖梨:"废话,金环、银环全是王晓棠一个人演的噻!"她说着一扒秃瓢肩膀,蹿到了他的肩上,她站在秃瓢肩上翘首张望,"上官云珠……上官!"

她没有看到自己喜爱的上官,泪水顺着她红红的脸蛋淌了下来。

年轻人的单纯、崇拜、新奇,使批判会成了"明星联谊会"。

他们一拥而上,夺走了这些演员胸前的牌牌。

方化、项堃、程之、王澍、陈强等"反派"尽遭冷落。

突然,小将们又朝他们涌来,顿时——他们身上的牌牌还是被抢光了。

"胖翻译官"(王澍)护着胸前的牌子:"可使不得,现在是严肃的思想……"

"喊!老子在城里吃馆子都不要钱,别说吃你几个烂西瓜!"秃瓢毫不客气地薅走了他的牌子。

红肖梨拿着画了黑叉的于蓝的牌子激动得哭了。

130. 影院放映机房 (日)

小山一样的片筒七零八落地堆在机房地上。

连庆愁眉苦脸,一筹莫展。

一群小将虎视眈眈地盯着他的一举一动。

小雯担心地护在连庆的身边,紧紧地抓着他的胳膊,生怕他吃亏。

131. 影院放映场子 （日）

一个抢到陈述牌子的上海女孩看着牌子直嘬牙花子。她对拿着王心刚牌子的男孩说:"跟你换换好吧啦?"

男孩瞥她一眼,扭头蹿到台上,闪了。

上海女孩:"小气鬼!"她在侧幕边堵住他,央求,"跟阿拉换换吧!"

男孩操着东北口音:"换?那也成,你让俺亲你一口就跟你换!"

"流氓!"上海女孩扭身想走,看了看手中的"陈述",咬咬牙回来,伸出一只手,"那你亲阿拉手吧。"

男孩不好反悔,迟疑一下,猛地抓住了她的手。

上海女孩趁机一把夺过他手中的"王心刚",转身要跑,却被男孩拽住,女孩拼命挣扎,俩人扭打着裹进侧幕条里——侧幕条轰然坠落,将俩人捂在里边。

场子里的学生们看到小山一样蠕动着的侧幕条,哄堂大笑。

音乐大作，在雄壮的《中国人民解放军进行曲》的音乐声中，银幕上映出"八一电影制片厂"那光芒万丈的"八一"军徽厂标。

电影开始放映！场子里，台上，机房里，连银幕后边全塞满了人。

银幕上的片子放乱了，十几部电影在频繁的交换放映中"不得要领"。

尽管这样，大家还是看得心满意足，无比酣畅。

那个上海女孩呆呆地坐在台沿儿上，全神贯注地盯着银幕，并不时地往手心里吐着唾沫，使劲擦着被东北男孩亲过的脸蛋。

红肖梨满脸是泪，喃喃自语："上官云珠……"

132. 影院放映机房 （日）

放过的片子在地上乱七八糟，麻花似的拧成一堆，没过了连庆的脚面。

终于，机器里的片尾倒光。

连庆疲惫地转过身，却奇怪地看到小将们变得格外安详沉静。

133. 影院 （日）

电影的温馨浪漫，电影的激昂振奋，电影的抒情美妙，润滑了人们狂妄的灵魂。

场子里的灯光悄悄地亮了，小将们还沉醉在电影的激情中，久久不能释怀。

静静的电影院，静得使人们不得不思考。

"嗵！"休息室大门被踢开，小黑影（十六岁）手操大铁锨横眉立目地闯进来："谁他妈的要揪斗郭连庆？！"

休息室里空无一人。

小黑影冲到入场门边"嗵！"又是一脚……

"我们都是来自五湖四海……"嘹亮的歌声像火焰一样从场子里喷射出来。

"为了一个共同的革命目标／走到一起来了／我们的干部要关心每一个战士／一切革命队伍的人……"

她看到满场的小将们眼睛里闪着晶莹的泪花，一往情深地唱着，唱得那么真诚。小黑影怔住。

一顶写着"郭连庆"的纸高帽子被红肖梨叠好，和赵丹的黑牌儿一起珍藏进挎包。

连庆默默过来，从小黑影手里拿过铁锨扔到地上，又从她的军挎里掏出一颗教练弹、两块半砖头,一伸手,又摘下她别在后腰的一把菜刀……

134. 影院宿舍 （日）

连庆把牙刷、牙膏、毛巾、肥皂塞进捆起来的行李卷。

他扛起行李跟着两个虎视眈眈的工作组人员走出了电影院。

135. 影院休息室 （日）

休息室里一片狼藉。

小雯闯进门来,望着空荡荡的场子,一副失神落魄的样子。

一个服务员对她说:"郭经理叫工作组的带走了,带着行李走的,估计没日子回来了。"

小雯痛苦地捂着肚子蹲到了地上。

136. 街上 （日）

小雯茫然不知所措地出了影院,盲目地走着。

忽然,她看见了小黑影,上前一把抓住了她:"小黑影,你爸爸哪儿去了?告诉我,你爸爸在什么地方?"

小黑影:"我爸爸?"她斜视着小雯,"告诉你,他不是我爸爸。"

小雯似乎习惯了她的倔强:"哦,是这样,我有急事,我要马上见到他!"

小黑影:"你最好不要再缠他了。他够烦的了。"她掰开了小雯的手。

小雯又痛苦地捂住肚子蹲坐在道边:"哦……"

小黑影要走,小雯又一把抓住了她。

"你替我给他带个信,我,我有急事,没有他,我可怎么办……"她说着掏出纸笔写了一张字条,递给了小黑影。

小黑影接过纸条,扭身走了。

马扎子骑车路过,看见蹲在路边满头虚汗的小雯:"哟,你怎么了?病了?"

小雯嘴唇发青,满脸虚汗,一言不发。

马扎子吓坏了,连忙下车,过来扶起了她。

走远的小黑影,看看手中纸条,回头看看,路边没了小雯的身影。

她攥起纸条,一捂鼻子"吭哧"一声——擤鼻涕了。

137. 医院 （日）

小雯满头大汗地躺在手术床上。

女医生洗着手说："看不出男女来，可惜了。"

手术门"砰"地开了，两个护士闯进来："你到底是哪个单位的？"

小雯虚弱地说："我？我，我是……铝制品厂的……"

护士一拧鼻子："快拉倒吧，你不是小学老师吗？我孩子就在你们学校上学。"

另一个护士悻悻地说："还老师呢，不要脸，开假证明？叫派出所的来！"

138. 铝制品厂 （日）

马扎子挺身而出："什么假证明？这孩子就是我的！"

警察一笑，一把扭住他，掏出了手铐。

厂长拦住他们："他犯什么法了？结婚生孩子也犯法？再说，他女朋友响应国家号召计划生育，有什么不对吗？"

警察："结婚？结什么婚？这小子整个一流氓！"

"有结婚证明的也算流氓吗？"厂长伸手递过一张证明。

警察："嘀！您这证明刚开还不到一个钟头呢吧？上边的印

泥儿还没干呢！"

　　厂长："不到一钟头的证明难道就不是证明吗？再说你们要抓的可是革命委员会的一个委员。"

　　警察有点晕乎。

139. 影院放映场子　（黑）

（银幕上）

　　"小姐们都晕过去了！都晕过去了！"马特维耶夫搂着电话局小姐对着话筒喊。

　　马特维耶夫带着士兵们冲进克里姆林宫："同志们，在这些宫殿里，有许多古代的艺术作品。同志们，文物应当保存，所以咱们尽可能地不要开枪射击，用枪把儿打！"他一挥手，"斯诺呀，你守着太阳神。"

　　"马特维耶夫同志，这是爱神！"

　　"算了吧，以后再分析吧。同志们，上啊！"

　　坐在观众席上喜形于色的马扎子胸前戴着新郎的红花。

　　他身边是神情木讷、目光呆滞、戴着新娘红花的小雯。

　　"这是爱神！"坐在他们左右的铝制品厂的同事们起哄应和。

小雯眼眶里汪着一汪泪水。

140. 影院宿舍 （日）

连庆脸色憔悴，直勾勾地盯着墙上的电门。

小黑影上前拧下电门闸盒盖，一边伸手摸着电门，一边"嘎嘣嘎嘣"地拽着灯线："没电！你就别总想着摸电门的事了。"

连庆叫她道破心思，觉得很没面子，振作了一下精神。

小黑影："这就对了，既然痛苦是幸福的源泉，我们何必为痛苦而忧愁。"

连庆很没底气："我不痛苦，不痛苦……"

小黑影："再说了，老劈柴好烧，老豆腐好吃，老娘们儿最贫。我看他们是一个破皮球，一个皮球破，俩人正好一路货！"她说着进到门帘后边。

连庆："你说谁呢？"

小黑影隔着门帘："于小雯跟马扎子呗！"

连庆不爱听了："胡说，欠揍！"

小黑影在里边："欠揍的是于小雯，不要脸，八字要是两撇，她连墨还没找着呢，就先大肚子了……"

"嗵！"连庆再也忍不住了，抄起破算盘冲着帘子砸了过去。

帘子落地，暴怒的连庆冲过去开口要吼，却一下怔住——小黑影正往身上套着当年旗袍陈的旗袍，藕荷色的旗袍裹出她全身优美的曲线，越发楚楚动人。

小黑影扑进他的怀里。

半响，连庆慢慢地、无力地推开了她，转过身去。

小黑影眼含一汪深情："我只想告诉你，太阳每天都是新的！"

141. 影院放映场子 （黑）

大四一伙看得乐不可支，学着电影上的语言："要说地道哇！"

（银幕上）一个民兵："要说地道哇……"

大四一伙："要说地道哇！"

（银幕上）民兵队长高传宝打断那民兵的话头："要说地道哇……"

大四一伙："那不含糊，从庄里到庄外……"

（银幕上）高传宝："那不含糊，从庄里到庄外……"

大四一伙："里三层外三层，家家都有地道。"

（银幕上）高传宝："里三层外三层，家家都有地道。"

大四一伙:"别的庄的地道掏得也不错呀!"

(银幕上)假武工队:"别的庄的地道掏得也不错呀!"

马扎子:"各庄的地道,都有很多高招儿。"

(银幕上)假武工队:"各庄的地道,都有很多高招儿。"

大四一伙:"还是先看看你们的吧。"

(银幕上)假武工队:"还是先看看你们的吧。"

大四一伙干笑:"呵呵,呵呵,呵呵呵呵呵!"

(银幕上)假武工队和高传宝干笑:"呵呵,呵呵,呵呵呵呵呵!"

142. 影院小天井 (日)

那辆"飞鸽"车擦得锃光瓦亮。车把和大梁上挂满彩花,两个车轱辘的每根车条都被细心地缠满了五颜六色的细玻璃丝,俨如迎亲的花轿。

"不成不成!这怯了吧唧的,很不严肃,不成啊!"一个女服务员说。

跑片职工:"咋不成?您知道光缠车条的玻璃丝就花了多少钱吗?"

"花多少也不成,这可是态度问题。"

"说得对,不要算经济账,要算政治账!"连庆闻声过来说。

跑片职工:"经理你也这么说?那我没办法了。人家大观楼、广和都是用汽车接来的,我可没那道行,你们谁有办法谁来吧。"

连庆:"喊!我哪儿给你找汽车去?"

女服务员:"哎,经理,你不是认识铝制品厂的一哥们儿吗?你找找他!"

连庆不高兴了:"什么哥们儿呀,我不认识。"他扭身要走。

女服务员拦住他:"经理,这可是政治任务,再说也给咱们影院脸上增光啊,你就去找找他嘛,这么大的厂子哪能没汽车啊!"

连庆蹙紧眉心,心中好大不乐意。

143. 影院放映场子 (黑)

大四一伙:"高,实在是高!"

(银幕上)汤丙会:"高,实在是高!"

大四一伙:"再带上几台抽水机。"

(银幕上)汤丙会:"再带上几台抽水机。"

大四一伙:"看看高家庄地道里,到底给盛多少水!"

（银幕上）汤丙会："看看高家庄地道里，到底给盛多少水！"

144. 杂院 马扎子家 （黄昏）

"哗！"一盆洗菜水从小厨房的窗子里泼出，险些泼到刚进院来的连庆身上。

小厨房的破门被推开，一股炒菜炝锅的油烟从里面喷出来。

连庆挤进杂乱无章的院子，随手关上那小厨房门，径直进了一间小屋。

那小厨房门又被推开，小雯系着围裙蓬头垢面地探出头来，呛得拼命地咳嗽着。

（屋子里）马扎子笑脸相迎："郭经理发话了，这事好说。不就是一车嘛，再说也是政治任务，包我身上了，喝水喝水。"

连庆打量这黑黢黢的屋子，心不在焉地说："千万别误事，那我就代表影院谢谢马……马同志了。"他说罢起身，不想抬头碰到铁丝上刚洗过的衣服。他打量着晃悠在眼前的小雯的内衣，心中阵阵酸楚。

"吃了再走吧，家里的正做着呢。"马扎子嘴里说着，却抢先拉开了屋门。

马扎子送连庆到院子里。

他随手将小厨房门"呼"地撞上,挡在门前:"那咱们说好喽,《沙家浜》《红灯记》《奇袭白虎团》《智取威虎山》,给我们厂子各来两百张!"

连庆看看他身后的小厨房,无奈地点点头。

(院门口)连庆站在台阶上望着对面树上的一只孤独的乌鸦,他身后院子里传来小雯说话的声音。

"刚才来的人是谁呀?"

"哦,那孙子?查电表的!"

145. 街上 (日)

一辆"东风"三轮"嘣嘣"披红戴花迎来了样板戏的拷贝。

交通警察挥着指挥棒,一路畅通。

(画外音)"要——学——那——泰山——顶上——一青——松——噢——噢噢噢!"

146. 影院放映场子 (黑)

"要学那泰山顶上一青松/挺然屹立傲苍穹/八千里风暴吹不倒/九千个雷霆也难轰……"

全场观众跟着《沙家浜》唱起来,群情激奋,斗志昂扬。

147. 街上 （日）

（画外音）"烈日喷炎晒不死 / 严寒冰雪郁郁葱葱 / 那青松 / 逢灾受难 / 经磨历劫 / 伤痕累累 / 瘢迹重重 / 更显得枝如铁 / 干如铜……"

（浑厚强劲的交响乐大合唱中）小黑影一身男式蓝中山制服，呼啸着直奔一伙戴绿帽的人撞来。

车子擦身而过，顿时，一小子头上的帽子被撞飞，露出光光的癞痢头。

癞痢头从挎包里掏出菜刀……

小黑影骑车驰上便道，茫茫人流中，潇洒自如。

一中年妇女见状，慌忙抱起领着的孩子左右躲闪。

小黑影看见妇女紧抱着孩子的爱怜模样，眼里流露出无限眷恋，一甩手将帽子扣在了孩子的头上。

癞痢头举着菜刀追来。

卖冰棍的从冰棍桶里抄出一块板砖，起身上前。

癞痢头转身就跑。

大四跨上小黑影的车后座，自行车掉头追去。

（画外音）"崇高品德人称颂 / 俺十八个伤病员 / 要成为十八棵青松！"

148. 派出所 （日）

连庆一进门，就看到小黑影被人打得鼻青脸肿。

两个身着军便装的人上前道："这孩子闯军事禁区！到我们八一电影制片厂田华家里去了。我们抓住她，她还咬人。"说着把咬伤的手腕伸给连庆看，并话带刺儿地说，"田华是四九年进城的干部，现在是'资反黑线'上的人物。据我们了解，你也是四九年进城的干部……"

连庆大怒，拽过小黑影："少他妈来这套，老子当兵站岗放大哨的时候，你还在你娘肚子里转筋呢！"

派出所的同志善意地提醒道："您可是对文艺单位的同志说话呢。"

连庆："东风吹，战鼓擂，现在世界谁怕谁呀！"

派出所的同志："郭经理，您注意一下自己经理的身份。"

连庆不买账："我什么身份？我是耗子你是猫，我就是他妈的叛徒王金标！"说罢，又习惯性地将小黑影扛在肩上悻悻地走了。

149. 影院宿舍 （夜）

小黑影睡了，睡得很沉。

连庆盯着她饱满起来的身子，仿佛小雯的身影又闪现在他眼前。

连庆拉上布帘儿，躺在床上昏沉沉地睡过去了。他突然感觉到小雯躺在他身边，紧紧地搂住了他。他惊喜地一下子睁开眼，才看清是小黑影不知啥时候跑到自己床上来了。

他扒开小黑影搂着自己脖子的手，却听到她梦呓中喃喃叫着："妈妈……"

连庆把枕头塞进她怀里，自己悄悄下床，心酸地坐到了窗前。

150. 影院经理办公室 （日）

"谣言，政治谣言！"连庆把一份文件摔到桌上，"这是从哪儿来的？"

一个服务员："经理，这可是红头文件，满大街上都传呢。"

"就是，听说这官司都打到毛主席那儿去了。毛主席说这片子好看，倍儿好看……"

"瞎说，这是毛主席说的话吗？"

另一服务员："毛主席是这样说的，此片无大错，罪行十条之多，太过分了，不利于文艺政策的调整。"

连庆还是有点发毛，想了想，一咬牙："开会，召开全体职工大会辟谣！"

他起身走到门口，刚一拽开房门，一股强劲的歌声浪潮般地将他顶了回来："天上一颗星星亮／地上一片篝火红／石油工人心向党战恶风！"

151. 影院门口 （日）

嘹亮的歌声中——

一批批新电影，《创业》《海霞》……的大海报又频频挂在了影院大门口。

订票的队伍从夜里就排起了长龙。

152. 票房外 （晨）

马扎子在人群中被挤得上气不接下气。他伸着胳膊张牙舞爪地冲着被围在中间的连庆嚷："哎！郭经理……连庆……哥们儿！……"

连庆从人缝里瞥他一眼，立刻又被订票的人群掩住。

马扎子发狠地低头弯腰，憋足劲朝人群中扎去。不想"嗵！"一声，他自己却仰面朝天地被拱出了门外。

153. 铝制品厂 （日）

马扎子进办公室就嚷："厂长厂长，不好搞不好搞，人脑袋都快打出脑子来了，打得乌龟都不认识王八蛋了！……哎？"

他惊奇地看到屋里的人们分着电影票，根本没人理他。

那个管仓库的女孩："厂长，我们仓库拿走六张《卖花姑娘》，六张《第八个是铜像》，剩下你分吧！"

她走过马扎子身边，得意地又扭头冲厂长说："电影院郭经理跟我是哥们儿！订票一句话的事。"说罢出门走了。

马扎子上前："厂长，这是怎么回事？"

厂长高兴地收起票，这才看见他："噢，你叫马？马……"

马扎子尴尬地说："瞧您，厂长……"

厂长想起来了："马子！小马子，这样，小马子，你到冲压车间去工作吧。现在冲压车间任务总完不成，你去了也是个主力。"

马扎子："啊？我去……冲压车间？！"

154. 影院门口 （日）

《爆炸》《第八个是铜像》《鲜花盛开的村庄》《摘苹果的时候》——影院门口的海报走马灯似的换来换去。

影院门前熙来攘往，又是一派繁荣。

155. 影院放映场子 （黑）

（银幕上）"买花啊，买花啊，买上一支金达莱……"

看着《卖花姑娘》，全场哭声一片。

连庆悄悄地抹着眼泪，忽然，他在黑暗中看到旗袍陈满脸的心酸泪水。

连庆拽着小黑影，直冲散场门奔来。

场子灯光大亮，满场观众一个个眼睛哭得红红的。

156. 散场门门口 （日）

连庆拽着小黑影挤在散场门门口，可是旗袍陈早已无影无踪。

连庆满腹惆怅。

小黑影也感觉到什么，问："你在找谁？"

连庆："一个来找你的人。"

小黑影："她还会来吗？"

连庆伤感地说："会来，她会再来，只要有电影，她就会来！"

人海茫茫，万头攒动。

157. 影院放映场子 （黑）

影院正放映《追捕》。

（银幕上）

东京街头，一群警察高喊："杜丘，是杜丘！站住！抓住他，抓住杜丘！"

杜丘逃进地铁，场面一片混乱。音乐大作："啊呀啦 / 啊呀啦……"

真由美骑着高头大马奔驰而来，杜丘飞身上了真由美的坐骑。

大队的防暴警察蜂拥而至。真由美带着杜丘冲出了警戒线。

"啊呀啦 / 啊呀啦 / 啊呀啦啊呀啦啊呀啦！……"

观众脸上露出前所未有的惊奇的表情。

158. 铝制品厂冲压车间 （日）

"啊呀啦，你玩完啦！先吃你的车，再吃你的马，啊呀啦！你没救啦!"

车间里,两个工人下着象棋,一个瘦子边下边学唱着金炳昶、杨振华的相声《下棋》。他很气人地说:"嗬,想跳马?你倒是跳呀,朝仓不是跳下去了吗?堂塔也跳下去了,你倒是跳哇!"

马扎子一人孤单地坐在冲床前"嗵嗵嗵"地开着床子干着活。

对面下棋的那个胖子叫瘦子唱得心烦意乱,一时举棋不定。

"哎,又走车了?走哇,怎么又不走了?一直往前走,不要朝两边看,你看前边是多么蓝的天呀,你倒是走哇!"瘦子越叨唠越来劲儿。

胖子终于受不了他的折磨,气却冲马扎子撒来:"马扎子,人家都休息了,你还他妈的铛铛铛地干什么呀你!"

马扎子一脑门子官司,一分神,"嗵!"被床子压掉一手指头。

159. 马扎子家 (晚)

马扎子哼哼唧唧地躺在被窝里,断了的手指包得像一个蒜头。

小雯坐在地上"吭吭哧哧"地洗着一大盆衣服。

马扎子:"郭连庆这小子真不仗义,一点面子也不给,他牛……"

"别带脏字!"小雯头也不抬地提醒他。

马扎子咽口唾沫:"他牛……不就是一张电影票嘛!喊!我们厂长也是白眼狼,愣叫我去冲压车间干活,亏他做得出来。"

小雯没接他的话茬儿。

马扎子看她一眼,揭开被子:"嗯,我说,你不是跟连庆有交情吗?要不,你替我去找找他?"

小雯还是没理他。

马扎子下床蹲在她身边:"你去跟连庆说说,让他以后订团体票的时候多关照点,成不?要不以后不定啥时候我又得掉一手指头。"他举起"蒜头"手指。

小雯根本不想理他,甩甩手,又捞起一件湿衣服。

马扎子夺过来衣服,抱着她:"求你了,以后家里的活都不用你干!"

他一把伸进洗衣盆,蒜头似的手指碰在搓板上,疼得他直叫:"哎哟嗬!"

·写/好/剧/本

小雯在围裙上擦擦手,无奈地叹了口气。

160. 影院门口 (黄昏)
《芙蓉镇》的大海报牌子下走过脚步踟蹰的小雯。

161. 影院放映场子 (黑)

(银幕上)漂亮的胡玉音(刘晓庆饰)满面春风地招待着镇上的乡亲吃米豆腐……

服务员进来对坐在最后排边座上的连庆说:"郭经理,有人找。"

连庆正看得很专注,随口问:"什么人?"说着要起身。

服务员按住他:"您看您的,我看像是西口菜站的,估计又是来蹭电影的。"

连庆盯着银幕:"那叫人家进来,老关系户了。"

小雯摸黑进来,一时摸不到方向。

连庆未辨清来人,抬手拉她坐在身边:"坐这儿,谢晋导的,姜文、刘晓庆主演。"

小雯很诧异他的客气,张口要说话,才发现他全神贯注地看着电影。

（银幕上）

胡玉音结婚，满堂喜气。

秦书田（姜文饰）轻柔潇洒地指挥着几个年轻姑娘，哼唱着优美的南方小曲。

小雯被电影吸引住，不再说话。

连庆突然认出小雯："你？……小雯？"

小雯没正面看他，专注地盯着银幕。

连庆："你，你找我？……有事吗？"

小雯："嗯……我找你，想……"

连庆："走，到我办公室去坐……"他要起身。

小雯拉住他，眼睛盯着银幕："我找你……就想……看电影。"

"噢！"连庆尴尬地坐下，他望着小雯憔悴的脸庞，"小雯，你，你还好吧？"

小雯缄口。

"扑通！"

（银幕上）

胡玉音趴倒在坟地里痛哭失声："你在哪呀？你答应我！你

的女人,找你来了!"

秦书田:"你的人不会答应你了。"

胡玉音:"你是人,还是鬼?"

秦书田:"这怎么说呢?有时候是人,有时候是鬼!"

连庆被电影里的台词刺激到了,不好再问下去。

(银幕上)暑往寒来,雾气弥漫的小街,"唰唰"的扫地声,秦书田和胡玉音的扫帚终于撞到了一起。

小雯突然紧紧地握住了连庆的手。

连庆一颤,把自己的另一只手轻轻地搭在了她的手背上。

(银幕上)

"我们黑,我们坏,可我们总算是人吧?就算是公鸡和母鸡、公狗和母狗、公猪和母猪也不能不让它们婚配吧?"秦书田哀求着王秋赦。

"别说得那么难听,坦白从宽嘛,今天我就宽大宽大你……"

"说实在,我们已经有了……"

"有了?牛鬼蛇神也偷鸡摸狗?"

连庆脸上一阵酸楚。

（银幕上）

胡玉音满头大汗，分娩前痛苦地号叫着……

谷燕山（郑在石饰）："出来了，已经出来了。"

胡玉音："我头胎难养，你陪陪我，我感觉快要死了，感觉快要死……"

小雯的指甲狠狠掐住了连庆的手，连庆愧疚地蹙起眉头。

162. 影院小天井 （晚）

小黑影骑着女便车大大咧咧地穿过休息室，跨下几道台阶，奔到小天井旁边时，听到里边传出连庆和小雯的说话声。她定住车，侧耳听了起来。

"小黑影还好吗？"

"淘！三天两头地捅娄子，上次跑到八一厂去，叫人家抓起来一回。"

"她妈妈来找她了吗？"

"这是我的一块心病，她们母女不团聚，我死也闭不上眼。"

"这孩子爱你……"

"我也爱她,一把屎一把尿把她拉扯大,能不爱吗?"

"我是说,她爱你,是非常,非常的……一种爱。"

"你小看她了,她大了,她懂得该怎样爱我的。还是说说你吧。"

"我?以前种种以前死,以后种种以后生。可是,我不知道我以后还有没有新生了……"

连庆叫她说得有些伤感,低头才发现他们的手一直拉在一起。

小黑影听得凝神思索。

"干什么的?"

163. 影院放映场子 (黑)

(银幕上)

"京剧院,来走台的。"

"哟,是您二位啊?"

"噢,是。"

"我是您二位的戏迷。"

"是呀。"

"您二位有二十多年没在一块儿唱了吧？"

"是，二十一年了。噢，二十二年。"

"都是'四人帮'闹的，明白。"

"可不，都是'四人帮'闹的。"

"现在好了。"

"可不，现在好了，是，是。"

"您二位在这儿等一会儿，我去给您开灯去啊。"

"啊，你受累！"

银幕上渐显出片名——《霸王别姬》。

起得猛坐在观众席上，看着看着从后腰掏出一块毛巾。

（银幕上）

"大王，快将宝剑赐予妾身。"

"妃子，不不不可寻此短见哪！"

"千万不可！"段小楼说到这里，连连咳嗽，"不灵了不灵了，不跟趟儿了，真的老了。"

他抖擞一下精神，看着程蝶衣，突然一嗓子："小尼姑年方二八！"

蝶衣:"正青春被师傅削去了头发,我本是男儿郎,又不是女娇娥。"

"错了,又错了!"

蝶衣突然念白:"大王,汉军他杀进来了!"

"在哪里?"

蝶衣拔剑自刎。

段小楼大叫:"蝶衣!!"

起得猛流着眼泪,轻声道:"……小豆子。"

(银幕上)段小楼轻声道:"小豆子。"

起得猛用手巾捂住痛哭的脸。

164. 小酒馆 (晚)

小黑影醉得东倒西歪:"小,小树要砍,女人要,要管,这是自古在论的。"

马扎子醉得更不成样:"那我就先,先,管管你,把你管好了,你回家管管你们家郭经理……"

俩人大着舌头,你一言我一语地斗起咳嗽来。

"郭经理归我管,你媳妇归你管。"

"我管不着……"

"你不管你媳妇,那就叫郭经理管。"

"他凭什么管我媳妇?"

"因为你没起子,没出息,没德行,没羞没臊没脸皮。"

"你骂我,我听出来了……跟你说,我可没醉。"

"没醉?"

"没醉!"

"师傅,再来两瓶!这酒钱你掏啊。"

"凭什么让我掏?"

"你不掏,我找你媳妇要去!"

"你找不着!"

"我找不着?我找不着我叫郭经理找去!"

"郭经理?他凭什么找我媳妇?"

"凭你不配有这个媳妇!"

"我配!"

"一朵鲜花插你这屎巴橛子上了也配?"

"你还骂我?我听出来了,我可没醉。"

"没醉,师傅再来两瓶,你掏钱啊!"

"不掏,我没钱!"

"没钱把裤子脱这儿!"

"那我怎么出门上街?"

"你把着一个不该属于你的媳妇,你就有脸皮出门上街?"

马扎子噌地站起来,晃悠着身子抓紧裤腰带:"我没脸皮,可我有骨头,你看……"他说着脚下拌蒜地出门跑了。

服务员过来算账:"十四瓶啤酒,统共十块零八毛。"

小黑影一改醉态,精神起来:"我喝的那五瓶不是让你灌的白开水嘛!"

服务员:"哟,我记错了,九瓶九瓶。"

165. 马扎子家 （夜）

马扎子:"你心里没我!这么多年,你跟着我,弄得我一点尊严也没有。厂子里人都不把我当回事,还给我起一外号,说我是日本人,叫我'人头太次郎',我怎么次了我?不就是没给他们弄来电影票吗?"

"你把电影票看得太重……"小雯脱衣服钻被窝了。

"这就是我的生活,有电影票人家就拿我当人看,厂子的师傅娶儿媳妇,小年轻的搞对象,供销科的进原材料,食堂的买配供外的粉条,房管局来修房子,我们厂长的孩子在学校揪人家女生小辫，学校给一处分，你说说，哪件不得用电影票来打点？！哦，有票就拿我当人看？给我点烟上茶，放我假，还记我考勤。现在没票了，我就成'人头太次郎'了？呜呜……"

马扎子哭了，哭得很不像样子。他激动地撩开小雯的被子把她从床上拽下来："你走，你走吧！你走了，我重新做人，我堂堂正正地工作，堂堂正正地买电影票，省得叫那个郭连庆白眼看我！"

小雯半裸着身子被推出屋外。

166. 影院美工室 （日）

美工画着《人证》的海报上的八杉恭子。

连庆进来看看，自语："……她该来了。"他突然发问，"小黑影呢？"

167. 影院放映场子 （黑）

（银幕上）

警长："说谎，你是到公园去了，在那里刺死了焦尼！"

八杉恭子："谁？"

警长："焦尼·海瓦德，就是后来追你到四十二层楼的那个黑孩子。"

"那个黑孩子……"观众席里的一身干部装的旗袍陈一凛,无声自语。

(银幕上)

八杉恭子:"那个黑孩子焦尼?我为什么一定要刺他呢?"

警长:"因为你是他妈妈!"

八杉恭子:"哦,是那样吗?哈哈哈,天呢,真有意思,你能当个小说家了!"

警长:"别装了!"

八杉恭子:"说得好像真的似的!你们想要干什么?"

旗袍陈躁动了。

(银幕上)

八杉恭子:"克里斯米?那是个什么地方?"

警探扒着车窗提醒她,念着一首诗:"您听／妈妈／就在那个夏天／啊／在那克里斯米的路上／我那草帽掉进了深渊／您还记

得我吗 / 妈妈！"

旗袍陈激动了："……妈妈？"

168. 马扎子家 （日）

马扎子醉醺醺地对破门而入的小黑影道："别烦我了成不？我要过我的幸福生活了。我知道我是什么样的人。我知道我该怎样活着。"

小黑影："于小雯呢？"

马扎子："她走了……她说她要到一个很远的地方去。我现在明白了，您是什么鸟就得在什么树上落着，不能瞎串。"

169. 影院放映场子 （黑）

（银幕上）警长进到会场，坐八杉恭子身边："你的儿子恭平死了。"

连庆进场来，默默地坐在了旗袍陈身边。

（银幕上）八杉恭子一脸惊骇。

旗袍陈极力控制着激动的脸。

（银幕上）八杉："我的儿子，我就是为他而活着，为了爱护这个孩子,我什么都干了,我以前为他读过一首诗,'妈妈/在克里斯米的路上……'"

旗袍陈没理会身边的连庆。

(银幕上)

焦尼泪眼婆娑地扑进八杉的怀里:"妈妈,我是你的孩子呀!"

八杉:"我知道。"

焦尼:"这到底是为什么呀?为什么不认你的孩子?说呀,你爱不爱我?"

旗袍陈眼圈红了。连庆一直侧目盯着她。

(银幕上)

焦尼迎着八杉扑来:"妈妈,妈妈!"

八杉抱住焦尼,一把尖刀刺进了焦尼的心窝。

"妈妈,我是那样的讨厌吗?"焦尼捂住插进胸口的匕首,瞪着眼前的妈妈,狠狠地把匕首"扑哧"一声插进了心脏。

旗袍陈猛地抓起连庆的手。

"妈妈，我的妈妈……"

旗袍陈在《草帽歌》凄婉的音乐中，再也无法控制自己的感情。她抓着连庆的手，泣不成声："我的孩子……小黑影，是我的孩子……"

歌声大作。

170. 街上 （日）

小雯拎着行李箱，透过熙来攘往的人群，她痴恋地凝视着渐渐消失在眼帘里的电影院。

小雯在街头广场上了一辆民航班车。

171. 机场路 （日）

小黑影骑着那辆"飞鸽"，奋力追上一辆公交车，扒住车窗，探头朝车厢里努力搜索着小雯的身影。

风将她的衬衫吹得像鼓起的风帆。她松开车窗，公交车风一样地驶远。

小黑影脚下发力，又抓住了一辆擦身而过的公交车的车窗……

172. 公路旁 （日）

一辆民航班车停在路边。车里的司机冲车下的小雯喊着："你到底走不走了？想好了没有？离起飞的时间可不多了！"

车下的小雯拎着手提箱，双眼微合，一脸的犹豫、思索、彷徨。

车门"嘭"地不耐烦地关上。

车门声使她一凛，她顿时一脸坦然，睁开眼睛，眼睛里一片坚定。

车子开走了。

小雯转身走回——路边孤零零地留下她那手提箱。

173. 机场路 （日）

小黑影使劲追着一辆辆擦身而过的公交车。

"嘎吱！"一声怪响，小黑影倒在了车轮底下……

174. 影院放映场子 （日）

灰尘依旧。旗袍陈站在银幕后，木讷地凝视着墙上那块被蹭得发亮的墙皮。

一声清脆的婴儿啼哭，激荡得她那依然高耸的胸膛起伏不定。

175. 机场路 （日）

小黑影静静地躺在被阳光晃得像镀上水银一般的柏油路上。

"人家的闺女有花戴／我爹钱少不能买／扯上了二尺红头绳……"

清脆的歌声仿佛从天而降——满头银丝的田华过来，俯身将她扶起。

小黑影睁开眼睛，拉着田华的手，像蹒跚学步的孩子——走了。

176. 影院放映场子 （日）

小雯回来了，她终于回到连庆身边。

空荡荡的场子里，连庆站在台口搂住小雯，这对苦恋一生的情人，终于相拥到了一起。

突然，一束强光从放映机房窗口射出来，巨大的银幕上映出一队癫狂的花轿："妹妹你大胆地往前走呀／往前走／莫回呀头！"

《红高粱》的歌声，声振屋瓦。

连庆久久地抱着小雯,他们那长长的身影投到银幕上那队癫狂的花轿上。

"往前呀走/莫回呀头/通天的大路/九千九百/九千九百九呀……"

—完—

跋一
我在电影院里长大

史建全

"三反""五反"那年我在电影院后院呱呱坠地。

我住的屋子和电影院的放映场子只有一墙之隔，电影声音大的时候，屋子里都能听得见。一听，就知道放什么片子。至于我出生的时刻放的是什么片子，我不知道。有年我生日的时候，一位朋友送给我一件礼物，精美的皮盒里用丝绸裹着一张发黄的报纸。开始我以为报纸里还裹着什么东西，打开看看，啥也没有，就是一张报纸。我想了半天，恶作剧？翻过来掉过去地琢磨——噢！这是我出生那年那天的《人民日报》。老土了我，真不够时尚。也真亏了我这朋友，她费多大劲才搞到这张报纸呀。后来我才知道，现在许多档案馆、图书馆都在做这种生日礼物的交易。

从这天报纸的电影广告上可以看到，北京城当时上演最旺的是捷克斯洛伐克影片《幸福之途》。报纸上还有段文字简介：农民的女儿克服困难当上了拖拉机手，保守的父亲摆脱了富农的挑拨参加了生产合作社。这部片子我还没看过，可当天在全北京城上演的《白毛女》，我是看过的。尤其令我感慨的是，五十年后"黄世仁"能演我写的剧本，我竟然也能与陈强老爷子同场演戏。在《鬼子来了》一片中，他演云山雾罩的"一刀刘"，我演瞎话连篇的"四表姐夫"。这在我小时候是做梦也想不到的事情，如果能想到有这一天，我上学的时候一定会跟同学们吹牛的。

我在电影院里长大了，戴着红领巾背着书包，每天上下学都要穿过影院的休息室才能进到我家的小院里。碰到新参加工作的服务员会被一把拽住："那孩子，票呢？"我理直气壮地说："这就是我们家，我回家！"影院里的老人会过来说，这是老史家的老五，让他进去吧。

我每天写完作业就一头扎进场子里看电影，碰到满场的时候就搬个小板凳坐在夹道里看。一部电影看好几十遍，看烦了，就挑好看的情节看；只要一听见响什么音乐就知道该演什么戏了，不管是在吃饭还是在写作业，扔下东西就往场子里跑，看完再出来。

逢年过节是影院和我家最热闹的日子，售票处头天晚上就排起了长队。碰到冬天，那就更惨了。这时我家会经常来一些认识、不认识的人，套着近乎儿钻进来避风躲雨。这一夜我是甭想睡好觉了。还有一些半熟脸儿朋友，这时候亲热得不得了。隔壁副食店有一位脸上能看出患白癜风的女售货员，能说着说着眼泪就往下掉。原来她搞了一个对象，是解放军，人家嫌她脸上"不干净"，一直犹豫。救人一"难"胜造七级浮屠，我爸二话没说，披上衣服就给她找票去了。票找回来，她眼泪还没干，原来两张票座位号不挨着。我爸说，这样吧，开演的时候你们先进去，我在场子里再给你想法子换到一块儿吧。换没换成我不知道了，我知道后来他们结婚了。

电影在那个年代就有这么大的魅力。

没场的时候，我一个人在静静的休息室玩，望着墙上高高悬挂的"二十二大明星"等演员的黑白照片，仿佛置身于一个深不可测的艺术殿堂。张平、赵丹、崔嵬、冯喆、庞学勤、康泰、陈汝斌、赵联、张勇手、白杨、上官云珠、于蓝、王丹凤、舒绣文、秦怡、秦文……至今我都能清晰地记着他们那关注着我的眼神。

照片上的男演员都穿西服打领带,好像只有张平穿中山装。张平和崔嵬当时都是级别很高的革命干部,据说张平那时候拍戏都带着警卫员。崔嵬本来可以当局长或者更高的官,可是他最终选择了艺术事业。《红旗谱》中朱老忠手拎铡刀,一脚踢掉铡刀上的销钉的横劲儿,真是从骨子里头冒出来的。

冯喆是在"文化大革命"中被迫害致死的。用今天的话来说,他理所当然是"硬派小生"。《羊城暗号》中的侦查科科长把手臂闪到身边、把手枪紧靠在腰间的持枪的动作,曾是我和同学们争论的话题——结论是,这样持枪不容易被特务一脚踢飞。一想到我写的《一双绣花鞋》里的公安人员双手紧握手枪,双臂直伸,学美国电影里那样,心里就想骂:真傻!故事发生的年代,美国电影还没发明这样持枪呢。

上官云珠是我最喜爱的演员,当我听说她自杀了的时候,人生第一次对这个"红彤彤的世界"产生了动摇。她一生扮演了许多受气的小媳妇和雍容华贵的贵夫人,这种极端的表演艺术是今天大多数女演员所不能及的。悲哀的是她受到摧残,一路走回家,推开房门,回避亲人的目光,径直走向阳台,跳下去的时候，她心中在忍受着怎样的煎熬？

舒绣文不算好看，但她的气质和演技无与伦比。《一江春水向东流》中的王丽珍从汽车上"蹦"下来的动作真是洒脱、有个性极了。后来在一篇文章中看到，她当时穿着紧身旗袍，迈不开腿，情急之下，便做出了这个既符合人物性格又个性十足的动作。

电影里的女特务都又媚又漂亮，这种表演观念一直延续到今天，而且影响到了老百姓的日常生活，以至于哪个人长得漂亮一点，大家都会说，瞧她那样儿，长得跟女特务似的；从未听过形容一个丑女人长得跟女特务似的。

叶琳琅堪称大牌演员，可惜就是因为她总演反面角色，上不了大明星的照片墙。

电影审查部门对电影的要求很严格，可是从未见一个禁止把女特务塑造得又媚又漂亮的通知或文件。

电影院里最使我着迷的是美工室，每次画海报的时候我都看得目不转睛，这直接影响着我长大后考上了首师大美术系。

在儿时的印象中，美工都是不修边幅的：长头发，皱巴巴的皮鞋。后来才明白，美工一天到晚和颜色打交道，想干净也干净不了。现在这成了一种时髦，还没怎么着呢，先自己抹一身颜色,这种人有个新名词——"雅皮士"。

影院最早的美工宋大叔被警察抓走了。若干年后,我从曾和他关在一起的画友老康那里知道,宋大叔是因为"思想问题"才进的监狱。他说老宋是个华侨,会打"洋拳"。他说的"洋拳",我想就是和电影《海魂》里赵丹扮演的陈春官痛揍美国水兵时打的拳一样吧,其实就是拳击。

宋大叔进监狱与他会打"洋拳",头发上抹发蜡,穿大黄皮鞋(关键是不擦),吃饭不用碗(用盘子),有直接关系。

老康也是因为"思想问题"进的监狱。他吃饱了撑地爱写日记,那时大多数"反革命"都是从日记上体现自己的"反动思想"的。结果他被媳妇揭发,"折"进去了。他在里边用油画棒画了近千幅比巴掌还小的画,以至于我认为油画棒的最佳效果只能是画小画。他说,这都是画在揭开的扑克牌上的,在里边除了写检查和擦屁股,哪里见得着纸呀?

我从事美术多年,他是我见过的用油画棒画得最好的。

那年代画画的"折"进去的很多,当时各单位画画的都受到格外的注意。可能因为画画的思想比较开放、前卫。难怪后来有人说,在中国,美术界一直走在一切艺术领域,包括诗歌、小说和戏剧的前面。

改革开放后，宋大叔和老康都得到平反。

后来的影院美工是位美院油画系毕业的高才生，他画的电影海报在全北京城算第一。只要一有新电影上映，一些美术爱好者云集而来，欣赏他画的海报。他爱在海报上写一些拼音。为这他没少受到领导的批评，说是"崇洋媚外"，不够"民族化"……这些领导分不清什么是英文，什么是汉语拼音。

还好，他赶上了相对宽松的时代，不然就因为往海报上写"洋文"（其实是拼音），他也得进监狱。

电影伴着我长大，看电影成了我儿时生活的主要内容。可我从来也没想过我要成为一个"电影人"，到现在我也认为我不是。

跋二
编剧史爷

尹力

几年前,国家电影局和中国电影导演协会做青年导演扶持计划,谓之"青葱计划",邀了建全做"剧本工坊"的导师。我说,请对人了。

人称"史爷"的建全和我是发小。记得那时,我住宣武,他住崇文,都喜欢画画,骑着自行车围着四九城转,时而驻足写生,时而聚众胡侃,大部分时光是瞎转悠。那时精力充沛、不知疲倦,荷尔蒙、睾丸酮、理想主义舍我其谁?史爷与我爱好广泛且结交甚众,我经常午夜离家寻他,门闭,他还没回来。长鬈发络腮胡瘸条腿不修边幅,百米内人群中,背着画箱的史爷,辨识度极高。

到后来我学电影做了导演,史爷弃画从文当了编剧。从《针眼儿警官》《无悔追踪》到《鬼子来了》《三枪拍案惊奇》,一发不可收拾。有时打电话听他说又在某处宾馆开房,便知道他又被"囚"住开工了。

标配客房,逼仄小屋,酽茶烟屁,一床的书。昼伏夜醒,平地起楼,一个褃节儿过不去捶胸顿足。偶尔也能听到他斥骂那些平庸之作,用词之狠、语气之毒,想想有些过了。然而,他对自己更是严苛,力求语不惊人死不休。较劲——认识的人都这么说他。那不较劲能出好东西吗?——史爷如是说。

经年之后,随着作品不断问世,电影片目成就作者编年,除了那些栩栩如生的人物形象留下来,声名鹊起的建全也应邀不暇,且其中不乏业内的名导大佬。江湖上,史爷更是拥趸无数,足以笑傲。

时光荏苒,青发变银丝。再见史爷,昔日愤青平和了许多,面对初来乍到者,哪怕是再低门槛的路数和技巧,史爷也能耐下心来,一遍遍地教。看他循循善诱、放低身段,我想,史爷变了。

举凡电影的选材、故事、核心事件、情节、人物、细节、对话、情感、形而上、结构、视角，以及如何读杂书、如何写故事梗概、怎么同制作老板打交道，诸如此类，相信都是经验之谈。他一股脑儿全说了，没废话，没套话，净是干货。在同行后学皆为潜在对手的今天，除了对亲儿子，谁跟你端肺腑掏心窝子、教你迈左脚抬右脚地跨门槛？史爷厚道。

学画画时，俄罗斯巡回画派"当道"：列宾、苏里科夫、列维坦、希施金……契斯恰科夫素描教学法教的是眼睛的观察力和手的准确性，整体局部、黑白、曲直、大小、对称、均衡、空间、质感等等，所有这些均成了艺术的基本构成。电影创作在很大程度上道理相同，这也印证了为什么那么多著名的编剧、导演都有从事美术的经历。我想史爷肯定从中获益匪浅，所以写出来的东西才堪称"讲究"。大凡搞美术的人都好较劲，说好听了是追求完美，即便绝对完美并不存在。追求极致似乎是学美术的人落下的病根儿，较劲则更多的是和自己较劲。

每次去探史爷，除了听他滔滔不绝、神采飞扬地聊创作，能看到他烟幕缭绕的斗室中总是堆满了书，五行八作、奇技淫巧，皆为杂书。看书目很难揣摩主人身份。记录的卡片，书中夹着的纸条，想必是择其有用。有时候为一句话、一句台词，得翻半天书。写得意了，手舞足蹈。要是遇上他过不去裉节儿，最好离他远点儿。史爷看书偏、读书杂，我看他的剧本时常常惊异于他对类似旁门左道、嘎杂子琉璃球之类的细节描写，有个性不落俗套，生动鲜活沾地气儿。他绝不满足于一挥而就地把事儿说明白，而是不厌其烦、近似自虐地没路找路。史爷心大眼贼、思路广、招数多，还幽默，不当编剧仅画画也是糟践了。

写作时思维奔逸，不知哪根弦就能触发灵感。思维的品质在很大程度上来自对生活的敏锐观察和悟道，"单项第一"的写家只是找到一份安身立命、养家糊口的职业，而有情怀有担当的艺术家必须让自己获得"团体总分"的包围和滋养。在这方面，史爷绝对是陈年老汤腌浸的"老腊肉"。

那天，在一个官方活动上见到史爷，他在人堆里依然是中心，依然高谈阔论，依然有气场。聊起眼下的IP、热钱、资本市场、票房、"小鲜肉"，众人嘈杂热闹后，史爷略显严肃：再过五十年、一百年，电影再怎么变，数字特技、IMAX、3D、4K、多少多少帧、超越人类体验，最终还得是故事，是人物，是情感。

不断求变的史爷内心有着恒定不变的东西。

史爷好像复制不了。

编剧不一定教得出来。

您得悟。

图书在版编目(CIP)数据

写好剧本：编剧是聪明人下笨功夫的活儿 / 史建全著. -- 北京：商务印书馆，2024. -- ISBN 978-7-100-24056-7

Ⅰ. I053.5

中国国家版本馆 CIP 数据核字第 2024C0G579 号

权利保留，侵权必究。

写好剧本：编剧是聪明人下笨功夫的活儿

史建全　著

商 务 印 书 馆 出 版
(北京王府井大街36号　邮政编码 100710)
商 务 印 书 馆 发 行
山 东 临 沂 新 华 印 刷 物 流
集 团 有 限 责 任 公 司 印 刷
ISBN 978-7-100-24056-7

2024年8月第1版	开本 787×1092　1/32
2024年8月第1次印刷	印张 11 5/8

定价：78.00元